Smoki

Bractwo Szkarłatnych Liter

Andrzej Żak

Smoki

Bractwo Szkarłatnych Liter

VIDEOGRAF II
Katowice

Redakcja
Jadwiga Kwiecień

Projekt okładki i ilustracje
Andrzej Rutkowiak
www.dugazm.co.uk

Redakcja techniczna, skład i łamanie
Damian Walasek

Korekta
Urszula Bańcerek

Wydanie I, maj 2009

Wydawca: Videograf II Sp. z o.o.
41-500 Chorzów, al. Harcerska 3 C
tel.: (0-32) 348-31-33, 348-31-35
fax: (0-32) 348-31-25
office@videograf.pl
www.videograf.pl

Dystrybucja: DICTUM Sp. z o.o.
01-942 Warszawa, ul Kabaretowa 21
tel.: (0-22) 663-98-13, fax: (0-22) 663-98-12
dystrybucja@dictum.pl
www.dictumf.pl

ISBN 978-83-7183-700-5

Z KSIĘGI CZARODZIEJÓW

Po pokonaniu okrutnego księcia Hadara i czarownika Frocyngi, a co najważniejsze – pozbawieniu mocy najgroźniejszego z nich, czarnoksiężnika Tiro, na Archipelagu zapanował długo oczekiwany pokój. Wyspa Mu przez wiele dni gościła grono znakomitych czarodziejów i czarodziejek. Dom Magów wprost pękał w szwach. Na zaproszenie arcymaga Altusa przybyli bowiem mistrzowie czarodziejstwa z najdalszych krańców Archipelagu. Był wśród nich mag Sylviusz, opiekun wyspy Pont, Joanes Krrol, niezastąpiony mistrz magicznego rękodzieła, Baliusz z wyspy Rok, uzdrowicielka Flippa, Lio z Kifu, prawnuk słynnego maga Leonarda i wielu innych.

U boku Altusa dostojni magowie, Nikodem Platus i Redigus Helm, weterani walk z jednogłowymi smokami pełnili honory domu. Dla upamiętnienia zwycięstwa i odzyskania Talizmanu arcymag Altus zwołał Konwent Bractwa Szkarłatnych Liter. Za szczególne zasługi Magicznym Wawrzynem wyróżniono na nim czarodzieja Dawida i czarodziejkę Kionę. W pamięci wszystkich pozostał też fakt, że dzięki obojgu zdobyto również Topór z Ans. Konwent docenił także odwagę i poświęcenie czarodziejek z wyspy Hver. Onia, jej siostra Ika, a także Dino, opiekun i trener sekstyli, otrzymali magiczne pierścienie zasługi.

W ten sposób wielki, historyczny rozdział wojny o Talizman został wreszcie zamknięty.

Z KRONIKI SMOKÓW

Pożar trawił zamek Hoh. Huczał w murach, w komnatach, przemykał po krużgankach, zaglądał do piwnic. Jego nienasycone jęzory pochłaniały ławy i stoły, pełne strojów kufry i zwoje pergaminów. Oprawione w skórę magiczne księgi długo skwierczały w ogniu, ale i one w końcu obróciły się w popiół. Wraz z nimi urwał się ślad wiodący do Korony Królów, klejnotu ukrytego przed najeźdźcami za panowania Chryzomona, szóstego władcy dynastii chryzoponidów. W późniejszych czasach wielokrotnie próbowano odnaleźć magiczny kamień, lecz wysiłki te okazały się bezowocne. Dopiero po trzeciej Wojnie Smoków z rozkazu władcy Malediviusa ponownie wszczęto poszukiwania Korony Królów. Bez niej imperium trójgłowych smoków nie było w stanie odzyskać dawnej świetności ani oprzeć się zakusom jednogłowych. Nikt jednak – ani walczące smoki, ani czarodzieje nie przeczuwali, że nad Archipelagiem zawisło znacznie większe niebezpieczeństwo.

Rozdział pierwszy

KLEISTY

Tego dnia Dawid wstał wcześnie. Wcześniej wstało tylko słońce nad wyspą Mu. Ubrał się i nie budząc chrapiących w najlepsze magów, Redigusa Helma i Nikodema Platusa, pobiegł do stajni. Na jego widok Dziobak podniósł radosny jazgot i pozwolił się szybko osiodłać. Gdy dociągał rzemienie popręgu, do stajni wpadła zdyszana Kiona. Za nią przydreptał ziewający Dino.

Sekstyl czarodziejki nie był w tak dobrym humorze jak Dziobak i zmusiła go do uległości dopiero zaklęciem. Dawid pomógł jej skrócić strzemiona, zapiąć uprząż i wyprowadzili wierzchowce na padok.

– Macie godzinę! – Dino zadarł głowę, uważnie wpatrując się w niebo. – Nie więcej niż godzinę! Te obłoki nie wróżą nic dobrego.

Zerknęli w górę i wymienili porozumiewawcze spojrzenia. Daleko nad oceanem kłębiły się ołowiane chmury. Wiatr pędził je w stronę wyspy i od czasu do czasu złote, pojedyncze błyski rozcinały horyzont.

– Bez obawy! – zamruczał uspokajająco Dawid. – To zwykła burza! A w ogóle...eee.... O co chodzi? Nie lecimy w tę stronę. No, ruszajmy!

Na komendę: *Aro* sekstyle lekko wzbiły się w powietrze. Wolno poruszając skrzydłami, przez chwilę szybowały ponad Domem Magów, a potem Dawid delikatnie szarpnął cugle. Dziobak posłusznie odbił w prawo i okrążył ruiny zamku Hoh. Kiona wykonała manewr w lewo, oblatując je z przeciwnej strony.

Wychyleni w siodłach, przeczesywali wzrokiem resztki dawnej twierdzy, które pokrywało zielsko.

– I co? – Kiona użyła myślomowy. Byli bowiem zbyt daleko, by porozumiewać się inaczej.

– Nic! – odburknął Dawid.

– *Acomodatio!* Użyj zaklęcia! – poradziła czarodziejka. – Może uda się coś wypatrzyć!?

– To na nic! – westchnął z rezygnacją. Zniżył lot, prowadząc sekstyla tuż-tuż nad zwałami gruzu. – Niczego nie widać! Ani z bliska, ani z daleka. Absolutnie nic!

– Dziwne! Nie uważasz, że to dziwne?! – Kiona raz jeszcze okrążyła zamek i zbliżyła się do Dawida. – Według mapy eee... jedno wejście powinno być tu! Z południowej strony! Wejścia budowano tak, żeby wychodziły na północ i południe.

– Zawsze?

– Zawsze! Nigdy nie było inaczej! – Wydobyła spod peleryny różdżkę i wycelowała w zarośnięty trawą pagórek. Rozległ się suchy trzask i z końca różdżki wystrzelił maleńki obłoczek. Pagórek poruszył się jak żywy. Spod darni sypnął się czerwony gruz i zapadła się ziemia.

– A niech to! – wykrztusił Dawid. W miejscu, gdzie uderzyło zaklęcie, ziała spora dziura. – Zdaje się, że trafiłaś!

Jeszcze bardziej zniżył lot, posadził sekstyla obok wyrwy i zajrzał do środka.

Kiona również zeskoczyła z latającego wierzchowca. – Ostrożnie! Lepiej nie dotykaj! Niczego nie dotykaj! Pełno tu magii, mogą być kłopoty.

– Niby jakie? – Dawid schylił się i podniósł spieczoną, brązową grudkę. – Minęło sto… czy dwieście lat! To tylko spalona przez smoki ziemia! – Roztarł bryłkę w palcach i otrzepał dłonie. – Swoją drogą ciekawe, dlaczego zaatakowały? Właśnie Hoh? Jakie znaczenie miał dla jednogłowych tak niewielki zamek?

– Zaatakowały też inne zamki. Zniszczyły zamki na Yon i Poncie! To była wojna! – Kiona pogładziła po głowie niespokojnego sekstyla. Wierzchowiec głośno wciągał powietrze i nerwowo przestępował z nogi na nogę. – Jeśli wierzyć Redigusowi i Platusowi, którzy brali w niej udział, jednogłowym smokom chodziło o władzę, o panowanie. Wyspa Mu i jej czarodzieje byli po innej stronie. Za czasów Earna magowie z Mu i królewskie smoki sprzymierzyli się. Zawarto pakt i połączono siły. Czy to mało?

– To zależy! – Dawid potrząsnął czupryną. – To chyba nie jedyny powód, by wszcząć wojnę na Archipelagu? Powinniśmy pogrzebać w ziemi. Te ruiny kryją jakąś tajemnicę. Jeżeli jednogłowe zaatakowały zamki, tylko zamki, to albo pragnęły je zniszczyć, albo czegoś szukały. Klucz do zagadki tkwi więc...

Potężny grzmot zagłuszył słowa Dawida. Kilka grubych kropel zwilżyło ziemię.

– Wynośmy się stąd! – Kiona wskoczyła na grzbiet sekstyla. – Ten klucz... gdziekolwiek tkwi, wszystko jedno! Pogadamy potem! Nie musimy z tego powodu moknąć!

Ulewa dopadła ich przy stajni. W parę sekund zamieniła piaszczysty padok w grząskie bajoro. Rozbryzgując kałuże, sekstyle przegalopowały po błocku i zatrzymały się dopiero w przegrodach. Wierzchowce i jeźdźcy ociekali wodą.

– Trzeba było użyć magii – Dino wyszczerzył zęby i przyglądał się wzbierającym u stóp jeźdźców strumykom.

– Akurat! – Kiona strzepnęła pelerynę i usiłowała doprowadzić do porządku skręcone w pierścienie włosy. – Co się gapisz – mruknęła bez złości – lepiej byś je wytarł! – wskazała parujące sekstyle.

– Same wyschną! – sarknął Dino, mimo to ruszył do boksu i zdjął z nich uprząż.

– Chodźmy już – Kiona dotknęła ramienia Dawida – chyba przestało padać.

Na ich widok Flippa załamała ręce. – Co za głupota... przygryzła wargi, powstrzymując się od dalszych złośliwości. Po chwili jednak fuknęła: – Przebrać się i na obiad! Natychmiast!

Olbrzymia, ciemnoskóra czarownica wszystkich traktowała jak dzieci. W Domu Magów żaden z młodych czarodziejów nie czuł się tym dotknięty. Do każdego mówiła po imieniu i sam arcymag Altus, który przed laty również przybył tu jako chłopiec, nie miał nic przeciwko temu.

Posiłek jedli w kuchni. Dawid i Kiona w milczeniu przysłuchiwali się narzekaniom Dino. Przed paroma dniami wylęgły się sekstyle, co przysporzyło stajennemu roboty. Oczekiwał więc, że arcymag zatrudni kogoś do pomocy. Te nieopierzone, magiczne stworzenia rzeczywiście wymagały opieki. Wyłaziły z gniazda, dzień i noc trzaskały dziobami. Ani na chwilę nie można było spuścić z nich oka. Póki ich matka nie odzyskała w pełni sił, Dino uczył je nawet pierwszych kroków. – Myślicie, że to łatwe?

Choć w powietrzu zawisło pytanie Dino, arcymag nie odpowiedział. Wyłowił z miseczki ostatni aromatyczny nereński grzybek i zamaszystym gestem odsunął naczynie.

– Pyszne! – skwitował pełen oczekiwania uśmiech Flippy. Zadowolona czarownica zebrała miseczki i pożeglowała w głąb kuchni.

– Brakuje jej Lancelota – parsknęła Kiona. – Nie może się doczekać jego powrotu!

– Lancelota? – zdziwił się Dino.

– Raczej komplementów! – Dawid zerwał się z miejsca i zamiótł peleryną podłogę. – Twoje specjały, pani... och, to prawdziwie królewska uczta!

– czarodziej starał się naśladować głos rycerza i szło mu to wcale nieźle!

Arcymag uśmiechnął się oczami i powiedział: – Jednym brak czułych słówek, a innym rozwagi! – Jego spojrzenie musnęło Kionę i zatrzymało się na Dawidzie.

– Ruiny Hoh to nie miejsce do poszukiwań i eksperymentów. Trzymajcie się od nich z dala!

Dawid skamieniał. – Ale my tylko...

Altus uciszył go gestem. Podniósł się zza stołu i dał znak Dino. Obaj wyszli bez słowa.

Kiona i Dawid uczynili to samo. W kwadrans później spotkali się w komnacie Dawida, aby wziąć na spytki obu starych magów – Helma i Platusa.

– Znaleźliście wejście? – Redigus Helm w zamyśleniu drapał się po brodzie.

– Na to wygląda! – skinął głową Dawid. – Choć z powodu burzy nie udało się do końca sprawdzić. Leży na osi północ–południe. Dokładnie tam, gdzie powinno. Zaklęcie penetrujące...

– Użyliście *penetrum*? – milczący dotąd mag Platus wybałuszył oczy – Skąd u licha wiedzieliście... i kto wam...

– Jest w Wielkiej Księdze Zaklęć – przerwała mu Kiona – i nie jest zakazane.

– Nie!? – skrzywił się Nikodem Platus. – Ciekawe, co na to Altus? Słyszałeś, Redigusie?

– Nie jestem głuchy! Jeśli tak twierdzi, widocznie ma rację! – zamruczał pojednawczo mag Helm. – Od naszych czasów wiele się zmieniło. Co robić! Magia poszła naprzód. Nowi czarodzieje, nowe obyczaje!

– A jeżeli naruszyli pieczęć, jeżeli całe to paskudztwo wypełznie znów spod ziemi?

– Paskudztwo? Pieczęć?! – Dawid głośno przełknął ślinę. – O co tu chodzi? Czyżby zaklęcie Kiony mogło uwolnić coś, co zostało uwięzione w podziemiach?

– Nic takiego nie zauważyliśmy! – zaprotestowała stanowczo czarodziejka.

– To prawda! – skwapliwie potwierdził Dawid. – Zupełnie nic!

– Bo jesteście ślepi! – mag Platus podskoczył tak gwałtownie, że tiara zsunęła mu się z czubka błyszczącej łysiny. Wbił pięścią nakrycie na głowę i wciąż poirytowany wyjaśnił: – Jeszcze nikt gołym okiem nie zobaczył kleisty! To niemożliwe!

– Kleisty? – brwi Dawida powędrowały w górę. Rzucił bezradne spojrzenie Kionie.

– To przywry, magiczne przywry, *digenea magicca* – westchnęła czarodziejka. – Na Archipelagu nazywają je kleistami. I rzeczywiście są niewidoczne. Ale...ale nikt nam o tym nie mówił, nie ma też śladu w kronikach i księgach! Skąd miałyby się wziąć w zamku Hoh?

– Jeżeli ich nie uwolniliście, są tam od czasu wojny. – Redigus Helm przymknął oczy, wywołując z pamięci minione obrazy. – Podczas ataku na Mu, a zwłaszcza zamek Hoh, jednogłowe smoki za radą czarnoksiężników użyły przywr. Zrzucono je przed bitwą, żeby osłabić siły i morale obrońców… – Redigus zamilkł, lecz po chwili mówił dalej – …i w jakiejś części się to udało. Kilku młodych czarodziejów padło ich ofiarą. Kleisty wyssały z nich wolę walki, wypełniły lękiem i uczyniły bezwolnymi.

– A przeciwzaklęcia!? – Dawid przysunął się do portretu Redigusa Helma – przecież mogliście użyć magii.

– I użyliśmy! – wtrącił mag Platus.

– I co?

– Niestety, nic to nie dało. Dopiero... Earn, jego zaklęcie... – Mag Platus zawahał się. – Choć nie znajdziecie o tym wzmianki, tylko arcymagowi Earnowi Mu zawdzięcza zwycięstwo nad smokami.

– Tak było! – zgodził się z nim Redigus. – *Potrójny supleks* zrobił swoje. Od wieków nie widziano tu żadnej kleisty! A co do kronik… hmm… jak wiecie, większość spłonęła, a z tych, co ocalały, żeby nie kusić licha, usunięto wszystko, co miało z tym związek!

Dawid ponownie łypnął w stronę Kiony. Czuł ogarniające go zawstydzenie. Był czarodziejem, ale z każdą chwilą jego magiczna wiedza, a właściwie wyobrażenie o niej, kurczyło się jak dziurawy balon. Nie znał tych zaklęć! Nie miał pojęcia o kleistach ani…

– Wiedziałaś o tym?

– Że istnieją – tak, ale że zaatakowano nimi wyspę... – Kiona pokręciła głową. Potem nawinęła na palec pasmo czarnych włosów i skubała je z ponurą miną.

– A czy Altus? – drążył Dawid.

– Myślę, że tak! W każdym razie nigdy o tym nie wspomniał.

– I dobrze! – warknął Redigus. – Czego tam szukaliście?

– Czego? – Dawid bezwiednie powtórzył pytanie. Prawdę mówiąc, nie wiedział czego. Coś ciągnęło go do zamku Hoh. Instynkt czarodzieja podpowiadał mu, że ruiny kryją jakąś tajemnicę. Sekret mający wpływ na losy wyspy Mu i całego Archipelagu.

Najazd smoków i zniszczenie zamku nie mogły być jedynie odwetem jednogłowych bestii za wyprawę księcia Filipinisa na wyspę Pont. Bezczelność księcia, usiłującego zrabować smocze skarby, zasługiwała oczywiście na karę. Dlaczego jednak smoki zaatakowały i zburzyły wiele innych zamków? Twierdz nienależących do Filipinisa?

Dawid odwrócił się do Kiony i zagadnął ją w myślomowie: – Wiesz coś o tym?

– Nie! – zaprzeczyła stanowczo czarodziejka. – Ale chodźmy stąd.

– Dokąd?

– Do biblioteki. Nie jestem pewna, wydaje mi się jednak, że widziałam tam kronikę panowania Filipinisa. Być może natkniemy się na jakąś odpowiedź.

– Nie liczyłbym na to! Słyszałaś, co mówił Redigus? Księgi spłonęły!

– Nawet jeśli ma rację, powinniśmy to sprawdzić! – Kiona odwróciła się na pięcie i znikła za drzwiami.

– Idź za nią! – Nikodem Platus rozdzielił palcami brodę.

– Idź! – zachęcił Dawida mag Helm. – Nigdy nic nie wiadomo!

Niestety, kronika panowania Filipinisa okazała się zaledwie złożonym we czworo pergaminem. Urwane w połowie zdania i nadpalone rogi świadczyły, że pozostałą część księgi strawiły płomienie.

– Nic tu nie ma! – burknęła rozczarowana Kiona.

– Nic! – zgodził się Dawid. – I nie wiadomo, czy kiedyś uda się poznać tajemnicę?

Na wyjaśnienie części tych wątpliwości nie przyszło im jednak długo czekać. Następnego ranka na wyspie Mu ogłoszono alarm.

Rozdział drugi

POSŁANIEC

– Smoooooki! Smoooki! – Strażnik z południowej wieży pierwszy dostrzegł niebezpieczeństwo. Znad oceanu, nisko nad falami ciągnęło smocze stado. Rosło w oczach, kierując się w stronę miasta.

Okrzyk strażnika powtórzono na murach, a straże przy bramach, jakby to mogło mieć jakiekolwiek znaczenie, opuściły kraty.

Dawid i Kiona ze zdumieniem przyglądali się pędzącym dokądś ludziom.

– Coś się stało, lepiej wracajmy! – czarodziejka rzuciła karczmarzowi orina i nie tknąwszy mlecznych napojów, wybiegli z gospody. Przepchnęli się przez stłoczony w uliczce tłum, a wystraszony znajomy czarodziej wyjaśnił im przyczynę panującego w mieście zamętu.

– Jednogłowe! – wrzasnął, celując laską w niebo, tam, gdzie wokół wieży zataczała coraz ciaśniejsze koła dwójka smoków.

– To nie atak! – Dawid rzutem oka ocenił sytuację. Widział wiele bitew z udziałem smoków i był niemal pewien, że szybująca nad miastem dwójka nie ma złych zamiarów. – One tak... tak nigdy nie atakują!

– Wszystko jedno – Kiona pociągnęła go za rękę – wracajmy. Może będziemy potrzebni.

W Domu Magów panował absolutny spokój. Co prawda arcymag Altus i Flippa obserwowali z tarasu smoki, ale na ich twarzach nie było widać napięcia.

– To zwiadowcy! – arcymag odwrócił się do Dawida. – Albo posłańcy. Nic nam nie grozi! Strach ma wielkie oczy!

– Dlaczego więc nie lądują – Kiona przysłoniła dłonią oczy – skoro to przyjacielska wizyta?...

– Tego nie wiemy! – mruknął arcymag. – W każdym razie, gdyby miały atakować, uczyniłyby to już wcześniej.

– Patrzcie! – okrzyk Flippy gwałtownie przerwał te rozważania. – One... one dają jakieś znaki! Na coś czekają!

Z nozdrzy jednego ze smoków buchnęły kłęby siwego dymu. Splotły się w misterny łańcuch, a potem zamieniły w runy.

– *Dra...go..., dra...go...* – Dawid głośno przesylabizował rozpływający się w powietrzu napis. – To zaklęcie przywołujące! Zaklęcie królewskich smoków! Znam je!

– Użyj go więc! – arcymag oparł dłoń na jego ramieniu. – Śmiało!

– Ale...

– Śmiało! – ponaglił Altus. – Inaczej się nie dowiemy, po co przyleciały! – Pchnął lekko Dawida, który oburącz uchwycił laskę i uniósł ją nad głowę.

– *Drago! Drago!* – szeptem wypowiedział zaklęcie. Smoki zatańczyły w powietrzu jak ugodzone piorunem. W mgnieniu oka przewaliły się na skrzydła i zanurkowały ku ziemi.

– Do licha! – stęknęła czarnoskóra czarownica. – Zwiewajmy stąd!

Ale było już za późno. Podmuch smoczych skrzydeł rzucił ją pod ścianę domu. Dawid i Kiona schronili się za murkiem tarasu i dzięki temu uniknęli losu Flippy. Tylko arcymag, mimo gwałtownego wiru wywołanego przez smoki, stał nieporuszony i żadna fałda jego błękitnej szaty nie zmieniła kształtu.

– Co jest? – wykrztusiła Kiona. W jej oczach malowało się przerażenie.

– Nic! Przecież widzisz, że lądują – twarz Dawida niespodziewanie rozjaśnił szeroki uśmiech. – To fervaks i… ktoś z drużyny! Z królewskiej drużyny! Spójrzcie na skrzydła, mają wypalone runy, królewskie znaki!

– Nic więc nam nie grozi? – w głosie Kiony wciąż jeszcze drżała niepewność.

– Nic prócz połamania kości! Nie cierpię smoków! – Flippa była wściekła. Starannie otrzepała z kurzu pelerynę i szepnąwszy zaklęcie *sarababata,* najzwyczajniej znikła.

Tymczasem smoki złożyły skrzydła i miękko opadły na podwórzec Domu Magów.

– Witaj, arcymagu! – smok fervaks skinął głową i pochylił się w niskim ukłonie. – Nasz pan, władca smoków, Maledivius, przesyła ci pozdrowienia! Zapewnienia o przyjaźni i przymierzu!

– Witajcie! – Arcymag podniósł dłoń, kreśląc w powietrzu znak pokoju. – Z czym przybywasz, fervaksie?

Smoczy posłaniec wydmuchnął z nozdrzy kłąb błękitnej mgły. Pozwolił jej uformować się w rulon i potoczył go w powietrzu w stronę znieruchomiałego Dawida.

– Oto posłanie władcy smoków, Malediviusa, do czarodzieja Dawida, mój pan ma nadzieję, że za przyzwoleniem arcymaga, za twą zgodą Altusie, Dom Magów i czarodziej Dawid wesprą magicznym kunsztem królewskie starania o odnalezienie zaginionego skarbu!

– Skarbu? – zdumiała się Kiona. – Masz szukać jakiegoś skarbu?

– Nie wiem! – Dawid pochwycił srebrzysty zwój, dotknął królewskiej pieczęci i poczekał, aż zwój się rozwinie.

My, Maledivius,
Władca Trójgłowych Smoków,
prosimy cię, czcigodny czarodzieju,
o pomoc w odzyskaniu Korony Królów.
Klejnot ten ukryty bądź zaginiony
w odległych czasach mocą swą od wieków
służący panom Kaduku, władających wyspami

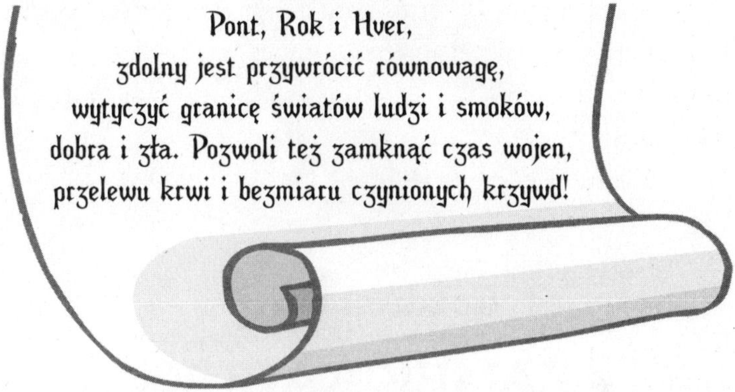

Dawid przebiegł wzrokiem tekst smoczego posłania i wolno zwinął je w rulon. Raz jeszcze z uwagą przyjrzał się królewskiej pieczęci, a potem zerknął na Altusa. Twarz arcymaga była poważna, niewiele dało się z niej wyczytać. Tylko jego oczy… w oczach starego maga było coś, co Dawid dostrzegł już dawno temu, przed wyprawą po Topór z Ans, jedyną broń, którą można było pokonać smoki. Było w nich oczekiwanie i pewność, że jego uczeń wybierze to, co słuszne.

Nie mylił się. Dawid był członkiem Bractwa Szkarłatnych Liter, skupiającego przecież najlepszych czarodziejów. Cechowała go odwaga i odpowiedzialność.

Młody czarodziej skłonił się arcymagowi i odwrócił się do czekającego w napięciu fervaksa.

– Zanieś mą zgodę władcy! Dom Magów wesprze starania króla! Za dzień, dwa, jeśli pogoda pozwoli, postawię stopę na smoczej wyspie.

Rozdział trzeci

ZAMEK KADUK

W odbudowanej wieży zamku Kaduk, która obrócona została w gruzy podczas ostatniej bitwy z jednogłowymi bestiami, czarodziej Dawid ślęczał nad cudem uratowanymi strzępami prastarych zwojów. Całą zimę był gościem władcy Malediviusa. Ze zwęglonych skrawków pergaminu i skóry pracowicie sklejał zapomnianą historię imperium i szukał śladów Korony Królów.

Runy i język *hul* – ta najdawniejsza mowa smoków – nie stanowiły dla niego przeszkody. Dzięki arcymagowi Altusowi z wyspy Mu biegle opanował oba pisma. Kłopotem były jedynie dawne zaklęcia, które przed wiekami smoczy skryba stosował na wypadek, gdyby zwoje wpadły w niepowołane ręce. Musiał być niezłym magiem, bo mimo porządkujących przeciwzaklęć, wypowiadanych i czynionych gestem, runy często tańczyły przed oczami Dawida. Niekiedy złośliwie układały się w bezsensowne zdania, przekleństwa i złorzeczenia.

Najgorsze były jednak głośne znaki, wrzaskliwe, pozwalające sobie na obrzydliwe odgłosy i głupie piosenki. Gdy pierwszy raz się z tym zetknął, był niemile zaskoczony.

Kto to słyszy, niech nos zatka
Bo pieśń płynie prosto z...!

– Sam się zatkaj! – syknął oburzony do żywego i natychmiast użył zaklęcia milczenia. Znak jednak nie ucichł. Dostał jedynie czkawki i niczym zepsuta płyta uporczywie bębnił ostatnie słowo. *Zadka... zadka.* Dopiero przyszpilenie różdżką uspokoiło go i w komnacie zaległa wreszcie cisza.

Dawid szybko nauczył się rozpoznawać te pułapki. Większość z nich zaczynała się runem do złudzenia przypominającym złamane krzesło. Należało je więc omijać lub otwierać w odwrotnym porządku. Zaklęcie *retrospecto* w zupełności wystarczało.

Po kilku tygodniach zdołał odszyfrować losy Fortisa Dwugłowego. Jednego z najdzielniejszych smoków, bohatera bitwy o Pont, który tam właśnie stracił jedną z głów, zyskując w zamian przydomek i wieczną sławę.

Postać walecznego smoka tak bardzo zainteresowała Dawida, że postanowił zaryzykować i choć na chwilę przenieść się w jego czasy. Miał nadzieję, że odnajdzie tam trop królewskiego klejnotu. Pewnego wieczoru użył więc zaklęcia *teleportus invitus* i znalazł się w dziwnym, nieprzypominającym Kaduku miejscu. Okolica była dzika, bez śladu zamku, obronnych murów. Nigdzie nie było też widać smoków ani innych żywych istot. Choć wydawało się, że jest zupełnie pusto, jego akt magii został jednak zauważony. Pod stopami czarodzieja gwałtownie zatrzęsła się ziemia, a powietrzem targnął przeraźliwy ryk. Wibrował w uszach, paraliżował umysł i ciało. Instynkt podpowiadał mu, że powinien natychmiast wrócić. I uczynił to bez wahania. Był to widomy znak, że przodkowie Malediviusa nie mieli zamiaru zdradzać obcym swoich tajemnic.

Po tym zdarzeniu żałował, że nie ma obok niego Kiony, której magiczna wiedza mogła okazać się wielce przydatna. Ale nie chodziło tylko o pomoc. Dawid tęsknił za czarnowłosą czarodziejką, za dotykiem jej dłoni. Podobała mu się i nie była mu obojętna. Dokładnie zapamiętał jej zapach, kiedy przytuliła się i pocałowała go na pożegnanie.

Skrzypnięcie drzwi wyrwało go z zamyślenia. W progu z naręczem rulonów stał krępy gnom. Jeden z tych, którzy usługiwali mu w Kaduku.

– Co nowego, Zert? – czarodziej potarł dłonią znużone oczy, a gdy karzeł nie odpowiedział, dodał: – Połóż to na stole!

Gnom spełnił polecenie i nie czekając, bezszelestnie wyślizgnął się z komnaty.

Dawid rozwinął kilka zwojów i skrzywił się. Nie było tam nic ciekawego. Najchętniej cisnął by je do komina. Z rozkazu Malediviusa do zajmowanej przez niego komnaty ściągano z całego królestwa księgi, inkunabuły, ocalałe z pożogi wojennej zapiski. Wszystko, co mogło mieć związek z historią smoczego imperium, ze skarbami, insygniami władzy, trafiało do wieży. Niestety, nie było tego wiele, a poza tym większość dotyczyła spraw błahych. Były to pożółkłe raporty, doniesienia i wyliczanki, ile owiec zżarły jednogłowe smoki, czemu nie zapłacono danin i komu przypisywano winę w bójkach półsmoków z wodnymi jaszczurami.

Tak więc, choć Dawid zaczytywał się w manuskryptach i nie jeden raz świt zastawał go przy gasnącej już świecy, pełne odtworzenie dziejów królewskiego rodu Malediviusa zdawało się prawie niemożliwe. W każdym razie nieszybko i nie takim sposobem.

Po jednej z wieczerzy czarodziej z przykrością oznajmił to smokowi.

– Kiepska sprawa! – rzekł, wyczarowując w powietrzu dynastyczne drzewo chryzoponidów.

Maledivius przyglądał mu się ponuro. – Co to jest? – stękał zdumiony. – Wygląda jak po wichurze. Nie ma korzeni ani pnia.

– Ale ma to! – w odpowiedzi Dawid machnął różdżką i na samym szczycie drzewa umieścił miniaturę Malediviusa, nieco w bok, na tej samej gałęzi, królewskiego brata Horaksa, poniżej kuzyna Chryzomona, noszącego imię po sławnym dziadku, i Chryzopateka. Jeszcze niżej Dwugłowego Fortisa i smoczycę Cleo, a potem jego ręka zawisła w próżni.

– I co dalej? – ponaglił rozczarowany Maledivius. Jego spojrzenie prześlizgiwało się po pustych konarach.

– Nic! – odparł zgnębionym głosem Dawid. – Dalej nie wiadomo! Z tego, co ocalało, niewiele da się wycisnąć. Imiona królów, mistrzów – wszystko pomieszane. Te szpargały nie są warte nawet funta kłaków. Niech ich już nie znoszą!

Ledwo to powiedział, zrozumiał, jak wielką przykrość sprawił przyjacielowi. Smoki bez tradycji? Gdyby zrabowano wszystkie smocze skarby, strata nie byłaby tak wielka jak to, że ich przeszłość, czyny przodków, sława i chwała imperium przepadły w mroku dziejów.

– A Korona Królów?

Dawid w milczeniu wzruszył ramionami. Słowa nie były potrzebne.

– Musi być inny sposób! Musi! – z potężnej piersi Malediviusa wyrwało się westchnienie. – Z pewnością nie wszystko przepadło! Pozostał jakiś ślad, choćby najmniejszy?

– Z pewnością! – niespodziewanie ożywił się czarodziej. – To prawda. Jest coś, czego nie strawił ogień i nie zniszczyły zaklęcia, nawet klątwy czarnoksiężnika! Nikt nie ma takiej mocy!

– Nie!? Więc jednak coś... coś ocalało? – W oczach Malediviusa błysnęła nadzieja. – Na Złotego Smoka, przyjacielu... gadaj!

– Jeśli masz na myśli księgi i zwoje, to nic z tego... – mruknął chłodno Dawid. – Te, jak wiadomo, płoną zawsze pierwsze! Ale w murach, lochach i podziemiach musiały pozostać ślady.

– Ślady? – jęknął, nie kryjąc zawodu, Maledivius. – Prócz szczurzego łajna w podziemiach nie ma niczego. Od wieków zieją pustką!

– Tak się tylko wydaje. Mury i lochy Kaduku widziały wiele. Czyż nie tu rodziły się smoki, czyż nie stąd szła w świat moc i potęga twego rodu?! Czas przywrócić im pamięć! Tak, smoku! Cienie twoich przodków czekają, by opowiedzieć, co się wydarzyło. Za twoim pozwoleniem – głos Dawida brzmiał teraz uroczyście – zaczniemy od nowa!

– Chcesz się udać do lochów?

– Tak, Malediviusie! Jedynie tam znajdę to, czego szukamy.

Władca Smoków zamilkł, widać było, że coś rozważa, wreszcie skinął głowami. – Zgoda! Wiedz jednak, że podziemia Kaduku kryją sporo tajemnic, to prawdziwy labirynt!

– Nie wątpię! – na ustach Dawida pojawił się nikły uśmiech. – Choć przed chwilą... czyż nie przekonywałeś mnie, że lochy są puste?

– Jedno nie przeczy drugiemu – zamruczał smok. – Miałem na myśli pułapki. Weź Zerta, jest pojętny i nieraz tam bywał. To gnom, więc zna lochy lepiej niż inni. Niech cię poprowadzi!

– Nie będzie mi potrzebny – czarodziej przeczesał palcami rudą czuprynę. – W tym, co zamierzam... byłby jedynie przeszkodą!

– Użyjesz czarów?

– Jasne!

– Czary przeciw czarom?! – Maledivius wyglądał na szczerze zatroskanego. – To niebezpieczne!

– Nie bardziej niż zwykle! Jeśli dokonam przemiany, stanę się jednym z nich! Jednym z was!

– Smokiem?!

– Och! Nie! Nie dosłownie. To tylko magia, która czasem sprawia, że można przeistoczyć się i dojrzeć to, co już minęło. Tym razem się uda.

– Tym razem!? Czy chcesz powiedzieć, że już... próbowałeś?

– Tak, Malediviusie, to nie było zbyt mądre. Zaklęcie chybiło i nic z tego nie wyszło.

– A jeżeli znowu...

– Nie! – przerwał smokowi Dawid – to się nie powtórzy! Przysięgam, Malediviusie! Odzyskam Koronę Królów, a ty pełnię władzy! Czas wyrównać rachunki i rozprawić się z największym wrogiem, czarownikiem Frocyngą. Póki się to nie stanie, twoje królestwo nie zazna spokoju! Ta cisza to cisza przed burzą. Z Archipelagu ciągle płyną złe wieści. Czarownik i jednogłowe znowu się szykują!

– Jest jeszcze Topór...Topór z Ans! – spojrzenie smoka przewiercało Dawida na wylot.

– To za mało... aby je powstrzymać! Poza tym wszyscy wiedzą, że arcymag Altus nigdy nie pozwoliłby go użyć. A teraz... życz mi szczęścia, smoku! – czarodziej otulił się opończą, zarzucił na głowę kaptur i oddalił do wieży. W komnacie, nim ułożył się do snu, jeszcze długo studiował Księgę Wielkich Przemian.

Następnego ranka ustawił klepsydrę i wymówił zaklęcie ograniczające czas przemiany. Od tej pory aż do przesypania się ostatniego ziarenka magicznego piasku mógł bezpiecznie przebywać w innej postaci.

Zajęty przygotowaniami do wyprawy, nie zauważył jednak czegoś, co z pewnością by go zaniepokoiło. W mrocznym kącie komnaty stworzenie przypominające nietoperza nie spuszczało z niego wzroku. Zły błysk oczu świadczył, że nie ma ono przyjaznych zamiarów.

Kiedy zamknęły się za nim drzwi, stwór miękko sfrunął na podłogę, zamieniając się w wiedźmę Baldwinę. Węsząc jak pies, obeszła wkoło komnatę, a gdy upewniła się, że nic jej nie zagraża, stanęła przed klepsydrą. Skrzyżowała palce i rzuciła zaklęcie. Strużka piasku w klepsydrze zwolniła swój bieg. Zadowolona Baldwina zachichotała i na powrót zmieniła postać.

Choć tego nie oczekiwał, dwa udomowione gnomy odprowadziły Dawida do podziemi. Odprawił je gestem, a sam ruszył w ciemność. Kroczył bez światła, jego laska i różdżka pozostały w komnacie. Z magicznych przedmiotów miał jedynie pierścień. A i tak nie był pewien, czy po przemianie, po transmutacji, będzie mu potrzebny. Choć użył *acomodatio,* zaklęcia rozjaśniającego, jego oczy z trudem pokonywały mrok. Ciemność gęstniała, jakby nie była zwykłą ciemnością, a pustkę korytarzy wypełniały dziwne szmery i muśnięcia powietrza. Miał wrażenie, że wnętrze góry zamkowej jest niczym sieć czyhająca na ofiary. Postanowił dłużej nie ryzykować. W sercu smoczego legowiska musiał stać się smokiem. Przykucnął pod kamienną ścianą i dotknął jej dłonią. Cicho wymówił trzy zaklęcia: *dematerio, teleportus invitus i transmutatio.*

Pierwsze w mgnieniu oka pozbawiło go ciała. Drugie cisnęło w głąb szalonego wiru. Po trzecim stracił świadomość, a kiedy ją odzyskał, miał wrażenie, że brakuje mu powietrza, że jego głowa podzieliła się na kilka innych, a wokół jest ciemno i ciasno.

Rozdział czwarty

SMOCZE JAJO

Pieśń narodzin

Drżą zamkowe stare mury,
Z głębi jaja się wyłania
Smok królewski,
Smok trójgłowy
Nic, że mały,
Że niepewne stawia kroki.
I nim skrzydła swe rozwinie,
W lot podniesie się wysoki
Jak przodkowie jego sławni
Już oznajmia głośnym rykiem,
Że wnet sięgnie po koronę.
Tak się rodzą tylko smoki,
Tak na świat przychodzą władcy.

(prastara obrzędowa pieśń powitalna
rodzących się smoków)

Było już dobrze po północy, gdy wypolerowany do czysta księżyc wspiął się na szczyt góry zamkowej. Od dłuższej chwili Melandron walił wściekle łapami w skorupę jaja.

– Hej, jest tam kto? Hej! – nasłuchiwał przez chwilę. Z zewnątrz jaja nie dochodził jednak żaden, nawet najcichszy dźwięk.

– Nie, to nie! – mruknął, zapierając się z całej siły nogami. Rozkołysał ciało i... wylądował na głowie. I w dodatku nie na jednej, ale na trzech! Szarpnął się jeszcze raz i w jaju coś trzasnęło. Dziura! – stwierdził Melandron i wsunął w nią łapę. Zręcznie poszerzył otwór i wystawił głowy. Szybko je jednak schował. Obok jaja, przewalając się z nogi na nogę, dreptało coś wyjątkowo brzydkiego. Było pomarszczone, miało trzy pary oczu i ciągnęło za sobą ogon. Melandron zaryzykował i ponownie wyjrzał na zewnątrz.

Stwór wlepiał w niego ślepia równie zaskoczony jak Melandron.

– Co za straszydło – mruknął, postanawiając zignorować dziwnego stwora.

– Sam jesteś straszydło! – wrzasnęła dotknięta do żywego Nila.

– Jaaa? – zdziwił się Melandron i przechylił się tak gwałtownie, że wypadł z jaja. Zbierał się długo, niemrawo. W końcu jednak udało mu się stanąć najpierw na cztery, a potem, chwiejąc się i podpierając ogonkiem, na dwie rozdygotane łapy.

– Kręci mi się w głowach i zimno mi – poskarżył się.

– Tak jest zawsze, każdy smok, opuszczając jajo, czuje to samo! – powiedziała z przekonaniem Nila. – I tak poszło ci gładko!

– Jestem smokiem? – Melandron wytrzeszczył oczy i przyjrzał się sobie z zainteresowaniem. Jego skóra była szorstka i srebrzysta. Miał zakończone niewielkimi pazurami łapy, z tyłu ogon i na grzbiecie coś, co przypominało nieduże kolce.

– A myślałeś, że kim?

– Nie wiem! Skąd niby miałbym to wiedzieć? A ty… ty? Też jesteś smokiem?

– Skądże! – zaprzeczyła z dumą Nila. – Jestem smoczycą!

– Czy to jakaś różnica?

– Oczywiście, ale o tym dowiesz się później.

– Nilaaaaaaaaa, Nilaaaaaaaaa… – z jaśniejszej części pieczary doleciało ich gromkie wołanie. – Nilaaa! – Jakiś ruchomy cień przysłonił i tak słabe światło. Zaraz też dało się słyszeć ciężkie człapanie. Człap, człap… coś nieznanego, ogromnego zbliżało się do nich, budząc strach. Melandron trząsł się teraz już nie tylko z chłodu.

– No proszę – stęknęło coś ogromnego. – Nareszcie się zdecydowałeś. Pokaż, co potrafisz?!

Melandron zerknął w górę. Nad sobą ujrzał rozwartą paszczę, rząd połyskujących zębów i wielkie, łagodnie spoglądające ślepia. Poczuł, jak ciepły oddech otula jego dygoczące z zimna ciało. Choć łapy wciąż mu drżały, to czuł przez skórę błogie ciepło. Napełniało go to spokojem i poczuciem bezpieczeństwa.

– Witaj w Kaduku, witaj, Melandronie!

Maleńki smok puścił to mimo uszu. Łypał wkoło oczami, zastanawiając się, gdzie jest i z kim ma do czynienia.

– Powinieneś... no dalej! – Nila szturchnęła go ogonem. – Na powitanie odpowiada się powitaniem! Nie wiedziałeś?

– Nie! – stęknął obrażonym tonem.

– To dziwne – zachichotała Nila – ja to wiedziałam od razu! Czyżbyś... czyżbyś był... ee tego... – Na końcu języków Nili czaiło się już obraźliwe słowo, ale w tym momencie wielka smoczyca zagarnęła oboje skrzydłami.

– Dość tego! Smoki królewskiego rodu nie kłócą się o byle co!

– Jestem królewskim... ejże... królewskim smokiem? Głupie żarty! Puść mnie! – Melandron usiłował wydostać się spod przyciskającego go do ziemi błoniastego skrzydła.

– Nie żartuję! To prawda! Z królewskich jaj lęgną się królewskie smoki. Nie może być inaczej!

– Ona też?

– Oczywiście! Jest twoją siostrą!

– Siostrą?! Wcale na to nie wygląda!

– Sam nie wyglądasz! – Pod drugim skrzydłem zakotłowało się. Nili na chwilę udało się wysunąć jedną głowę. Rozgniewana wyszczerzyła ostre jak kolce zęby.

Smoczyca natychmiast zbliżyła nozdrza i delikatnie dmuchnęła w jej stronę. Strumień ognia i dymu wypełnił błoniaste skrzydła. Wyglądały teraz jak nienapompowany do końca balon.

– Spalisz nas! – zgodnym chórem wrzasnęli Nila i Melandron.

– Bez obawy! Skóra smoków hartuje się w ogniu. Dzięki temu ani miecz, ani grot strzały nawet was nie draśnie!

– Och! Yonono, nie bądź dla nich zbyt surowa. To jeszcze maleństwa, ledwo wykluły się z jaj!

Głos, który usłyszeli, był łagodny, lecz czuło się w nim stanowczość. – To smoki królewskie, nigdy o tym nie zapominaj! Służ im jak najlepiej!

Nie była to prośba. Tajemniczy głos przyzwyczajony był do posłuchu.

Yonona zerwała się z miejsca. Ku zdumieniu Melandrona i Nili pokornie pochyliła środkowy łeb.

– Nie obawiaj się, Wasza Wysokość! Dopilnuję wszystkiego!

– Nie wątpię, Yonono! Nie wątpię! A teraz, nie zwlekając, zaprowadź smoki do Komnaty Stu Ech! Król Drago pragnie je zobaczyć. Niecierpliwi się!

Głos umilkł i tylko oddalające się kroki świadczyły, że ktoś, kogo należy słuchać, był tu i rozkazał, aby zaprowadzono je w nieznane miejsce.

– Słyszeliście! – Yonona uniosła w górę skrzydła i zatrzepotała nimi, wzbijając kłęby kurzu. – Macie się stawić przed obliczem władcy! No dalej! Ruszajmy!

– Nigdzie nie idę! – zaprotestował Melandron. – Burczy mi w brzuchu i jestem głodny!

– Ja też! – mała smoczyca niespodziewanie stanęła po stronie brata.

– To na nic! – pierś Yonony uniosło ciężkie westchnienie. – Nikt nie ośmieli się zmienić królewskich rozkazów. Poza tym, tam gdzie was prowadzę, nikomu nie braknie jadła! Nie zwlekajmy! I jeszcze jedno! Zapamiętajcie, raz na zawsze zapamiętajcie, prośby władców zawsze są rozkazem.

Szli krętym, mrocznym korytarzem. Miejscami opadał w dół, miejscami musieli wspinać się pod górę. Kolczasty grzbiet Yonony szorował o zniżające się sklepienie, a zaraz potem ich kroki odbijała jakaś tajemnicza, okryta ciemnością przestrzeń.

– Zapamiętajcie drogę! Pierwszą powinnością smoków jest pamiętać drogę. To ważne! Ta góra to prawdziwy labirynt! Wielu śmiałków, którzy usiłowali się tu dostać, przypłaciło to życiem!

– Masz na myśli smoki? – zdziwiła się Nila.

– A kogóż by?! – Yonona przystanęła gniewnie posapując. – Przeklęte jednogłowe! Ta złodziejska banda tylko czyha na okazję.

– Do czego? – drążyła dalej Nila.

– Do tego, aby obrabować skarbiec. Królewski skarbiec. Rozumiecie!?

– Jest ukryty w tej górze!? Tutaj!? – Melandron również nastawił uszu. Był smokiem z krwi i kości. Każda najmniejsza wzmianka o skarbach interesuje bowiem prawdziwego smoka.

– Od wieków! Wasz praprapradziad Chrysalimus, słusznie nazywany Wielkim – w słowach Yonony brzmiała nieskrywana duma – założył go, składając tu swoje złoto i klejnoty. Od tamtego czasu pomnożono je stokrotnie. To największy skarbiec świata. Niedługo go zobaczycie!

– Myyy? – zakrzyknęli razem Melandron i Nila.

– Tylko smoki królewskiego rodu mają prawo oglądać nieprzebrane skarby! Kości tych, którzy złamali ten zakaz, bieleją w czeluściach tej góry. A teraz dość gadania, nie słyszeliście? Czekają na nas!

Poruszeni opowieścią wielkiej smoczycy, człapali za nią bez słowa.

– Wcale im się nie dziwię – przerwał milczenie Melandron. – Jest ciemno. Każdy by tu zabłądził.

– Racja! – zgodziła się Yonona. – Na początku powinniście więc używać światła!

– Ni... niby jak? – zająknął się Melandron.

– Jak!? – z trzech paszczy smoczycy buchnęły jasne płomienie. – Tak! Właśnie tak!

– Myślisz, że my też... że potrafilibyśmy? – Nila z powątpiewaniem przyglądała się liżącym ściany jęzorom ognia. – To byłoby super, ale... to raczej niemożliwe.

– Gadanie! – obruszyła się Yonona. – Nigdy się nie przekonacie, jak nie spróbujecie. Wciągnijcie głęboko powietrze, a potem dmuchnijcie. Dmuchnijcie z całej siły!

Melandron wziął głęboki oddech. Zatrzymał powietrze w płucach, a gdy już dłużej nie mógł wytrzymać, wypuścił je ze świstem. Z trzech maleńkich paszczy zamiast płomieni wysnuły się jednak zaledwie trzy błękitne, cienkie smużki dymu.

– Ooooo! – parsknęła szyderczo Nila – a nie mówiłam! To na nic! To żałosne!

– Przeciwnie – Yonona była innego zdania – dobrze mu poszło! Początki zawsze są trudne. Spróbujcie jeszcze raz! Huuu... huuuu... huuu! Jazda! No... razem!

Wypuściwszy parę szarych obłoczków, Nila natychmiast zrezygnowała. – To nie dla mnie – powiedziała zgryźliwie. – Nigdy się tego nie nauczę! Lepiej już chodźmy!

– Chwileczkę! – w przeciwieństwie do siostry Melandron zapamiętale ponawiał próby. Idąc za Yononą, wydmuchiwał powietrze, aż wreszcie za którymś razem...

– Jest! – wrzasnął. – Jest! – Błękitny dymek zgęstniał, pojawił się w nim rój iskierek, a na końcu maleńki żółtoczerwony płomyk!

– No proszę! – mruknęła z uznaniem Yonona. – Tylko tak dalej!

Oczekując pochwały, Melandron zerknął na siostrę. Mała smoczyca udała jednak, że w ogóle tego nie dostrzega. Wypuścił więc jeszcze jeden strumyk ognia i zadowolony z siebie, parę razy podskoczył.

– Długo jeszcze? – zniecierpliwiona Nila kłapnęła maleńkimi paszczami.

– Zależy, o co pytasz? – Yonona zarzuciła środkowy łeb do tyłu. – Jeżeli o drogę, to radzę uzbroić się w cierpliwość! I zapamiętać każdy najdrobniejszy szczegół. Mistrz Drogi jest bardzo wymagający.

– Mistrz Drogi? – zdziwił się Melandron. – To znaczy, że...?

– To znaczy, że Bryt Melanius Akword Dominus Protos jest wyjątkowo surowym nauczycielem.

– Mówisz o jednym smoku?

– Oczywiście! – wyjaśniła smoczyca.

– Ma tyle imion?

– Tyle albo więcej! – zaśmiała się Yonona. – Jest do nich przywiązany i nie znosi, gdy się je przekręca! Nie zmienia to faktu, że jest wybitnym nauczycielem, a przy tym niesamowitym zrzędą! Zresztą przekonacie się o tym sami!

– Mamy się uczyć?! – wykrzyknęli oboje. – Dlaczego!?

Boki Yonony ponownie zadrgały od śmiechu. Z trzech gardzieli wyrwał się ryk i niczym lawina potoczył się w głąb skalnych korytarzy. Gdy ucichł, dobiegły ich dziwne, przypominające muzykę dźwięki.

Rozdział piąty

KOMNATA KRÓLÓW

– Komnata Królów. Przed nami Komnata Stu Ech. – Tubalny głos Yonony z każdym krokiem cichł, zniżał się do szeptu. Melandron miał wrażenie, że ogromna smoczyca garbi się i kurczy. Zaprowadziła ich pod srebrne, rzeźbione drzwi i trzykrotnie uderzyła w nie łapą.

– Idźcie śmiało! Bez lęku, wprost przed tron władcy.

– A ty? – zapytali jednocześnie. – Mamy iść sami? Dlaczego?

– Jestem tylko opiekunką. Smoki niższego rodu nie mają tu prawa wstępu.

– Dziwne! – mruknął Melandron. – Ciekawe, kto to wymyślił?

– Tak było zawsze, od najdawniejszych czasów! Jedynie smoki królewskiej krwi mogą wejść do tej komnaty. Nie obawiajcie się! Poradzicie sobie beze mnie!

Olbrzymie, srebrne drzwi drgnęły i pojawiła się w nich szpara. Niczym brzeszczot miecza błysnęła jasność. Yonona skuliła się jeszcze bardziej. Cofała się teraz, a jej spłaszczone łby wyrażały najwyższą pokorę, uległość i szacunek.

– Kiedy otworzą się całe, ruszajcie! – Jej szept niemal wepchnął ich do środka.

– Nic nie widzę! – Nila zupełnie straciła zwykłą pewność siebie.

– Ani ja! – wyszeptał Melandron.

Kroczyli oślepieni blaskiem ścian. Ścian zdobionych złotem, mozaikami kryształów i szlachetnych kamieni.

– Dalej! – Ścigał ich szept Yonony. – Nie zatrzymujcie się! To dopiero krużganek. Gdy go miniecie, otworzą się drzwi... najpierw złote, potem brylantowe, a wtedy... – smoczyca umilkła, jakby obawiając się wymówić imienia władcy.

Po kilku krokach ich oczy przyzwyczaiły się do blasku. A może to blask zmalał...? A może im się tylko zdawało?

Za brylantowymi drzwiami znaleźli się w komnacie królów. Była ogromna i z pewnością zasługiwała na tę nazwę. Jej sklepienie zdobiły liczne malowidła przedstawiające bitwy trójgłowych olbrzymów. Na jednych walczyły z bestiami, na innych z istotami ciskającymi błyskawice. W skalnych niszach, po lewej i prawej stronie komnaty, w bezruchu spoczywały nieruchome cielska smoków. Gdyby nie jarzące się ślepia, można by je wziąć za gigantyczne posągi.

W głębi na marmurowych, wiodących ku górze schodach drzemał tuzin skrzydlatych lwów. Od czasu do czasu któryś z nich ziewał, przeciągał się lub potrząsał grzywą. Poza tym w komnacie nie było niczego ani nikogo.

– I co teraz? – Nila bezradnie rozglądała się po sennym wnętrzu.

– Skąd mam wiedzieć? – burknął Melandron. – Może to nie tu?

– Niemożliwe! – szepnęła. – To wykluczone! Yonona nie mogła się pomylić!

– Masz rację, księżniczko! – głos, który do nich przemówił, był znajomy, taki sam jak w mrocznym korytarzu. Wciąż jednak nie wiedzieli, do kogo należy.

– Nazwał mnie księżniczką! Słyszałeś? – Nila szturchnęła brata. – To Coś nazwało mnie księżniczką! Hej, kim jesteś?

– Opiekunką smoczego rodu! – głos był teraz cichy jak szelest trawy.

– Ale my mamy... już mamy opiekunkę – Melandron rozglądał się, usiłując wypatrzyć tajemniczego rozmówcę. – Nie widzimy cię! Jesteś duchem?

Nie doczekali się odpowiedzi. Na szczycie schodów odezwały się konchy. Dwa małe smoki, niewiele większe od nich, z zapałem dmuchały w morskie muszle. Ich dźwięk potrafiłby przerazić wszystkich. Przypominał zawodzenie wiatru i pieśń dobywającą się z wilczych gardeł. Ryk wodospadów i huk rozpędzonej lawiny. Dla smoczych uszu brzmiało to jednak jak najpiękniejsza melodia. Zaraz też, gdzieś w głębi, rozsunęły się skalne ściany. Buchnęły dymy, strzeliły płomienie. Na szczycie schodów pojawił się smok smoków, VI władca Domu Malediwów – Chryzomon, zwany też Drago! Jego środkową głowę zdobiła wysadzana rubinami korona. Korona Królów. W jej środku tkwił wspaniały opalizujący klejnot.

– Witajcie! – zagrzmiał.

– Witaj, Smoku Smoków! – odgrzmiała setka paszczy! Z kamiennych nisz, z zakamarków królewskiej komnaty wychynęły smoki, półsmoki, bazyliszki i jaszczury.

Melandron i Nila zamarli w osłupieniu. Chryzomon schodził na dół, a w ślad za nim postępowało dwóch harfiarzy i kilka innych smoków. Na tle władcy wydawały się mniejsze i gdy Smok Smoków rozsiadł się na marmurowym podeście, otoczyły go półkolem.

Melandron i Nila drżeli. Sto par ślepiów wlepiało w nich spojrzenia. Sto par uszu słuchało bicia ich serc. Nie dalej niż na długość smoczego ogona trzy paszcze Chryzomona wydmuchiwały ku nim smużki ognia i dymu. Trwało to… nie wiedzieli, jak długo. Jakby nagle przestał istnieć czas. Wreszcie Smok Smoków skinął na pierwszego w swoim orszaku.

– Mistrzu Drogi, pokłoń się królewskiej krwi!

Postękując, najstarszy ze smoków posłusznie wysunął się przed władcę i pochylił w niskim ukłonie.

– Witajcie! – wymamrotał, a jego zaszłe bielmem oczy usiłowały przyjrzeć się stojącej dwójce. Był tak blisko, że czuli jego oddech. Nila chciała się już cofnąć, lecz Melandron przytrzymał ją łapą.

– Zwariowałaś? – szepnął. – On... oni nie robią nic złego! To tylko powitanie! Chyba powitanie!

– A jeśli nie? – Od dłuższej chwili Nilę przeszywał nieznany dotąd lęk. Słyszała bicie swego serca i była pewna, że słyszą je też inni.

– Mistrzu Walki, pokłoń się królewskiej krwi!

Na żądanie władcy kolejny potężny, pokryty bliznami smok skłonił się przed królewskim potomstwem. Z trzech paszczy buchnęły obłoki ognia i siarki. Mistrz przekształcił je w walczące bestie, a po chwili zdmuchnął niczym zwykły dymek.

Jeden po drugim, popisując się kunsztami, mistrzowie składali hołd maleńkim smokom. Jedynie nauczyciele trucizn i lotów nie mogli zademonstrować swych umiejętności. Talenty tego pierwszego okrywała bowiem największa z tajemnic, a dla drugiego... hm... zwyczajnie zabrakło tu miejsca. Mimo swego ogromu królewska komnata nie nadawała się do smoczych lotów.

Na końcu nie byle sztuką popisał się Mistrz Magii. Z szarego, pokrytego łuską smoka przemienił się w złociste ptaki. Dwa... cztery... dziesięć! Nikt nie potrafił ich zliczyć. Sypiąc piórami jak migotliwymi płomykami, śmigały nad głowami, aż wreszcie przysiadły na ramionach Nili i Melandrona.

Po tym pokazie, gdy umilkły oklaski, Chryzomon skinął na Smoka Herolda. Dał znak, że pragnie przemówić.

– Melandronie, synu Smoka Smoków! Zbliż się!

– Melandronie... – niczym echo powtarzał jego słowa Herold.

– Nilo, córko Smoka Smoków! – Zbliż się!

Przestraszeni malcy jak we śnie przemierzyli kilka dzielących ich od władcy stopni. Nawet nie zauważyli, kiedy na ich piersiach błysnęły medaliony. Wykute w złocie z wizerunkiem oka i ucha. Talizmany i znaki królewskiego rodu.

– A teraz – Chryzomon zaczerpnął głęboko powietrza – uznaję was prawowitymi dziedzicami królestwa! Heroldzie, edykt! Niech ogłoszą go światu! Na wyspach Pont, Mu, Hver, Rok i Yon, na Oceanie i Archipelagu!

Herold skłonił się przed władcą i rozwinął trzymany w łapach zwój. Był mikrej postury, lecz głos miał jak dzwon.

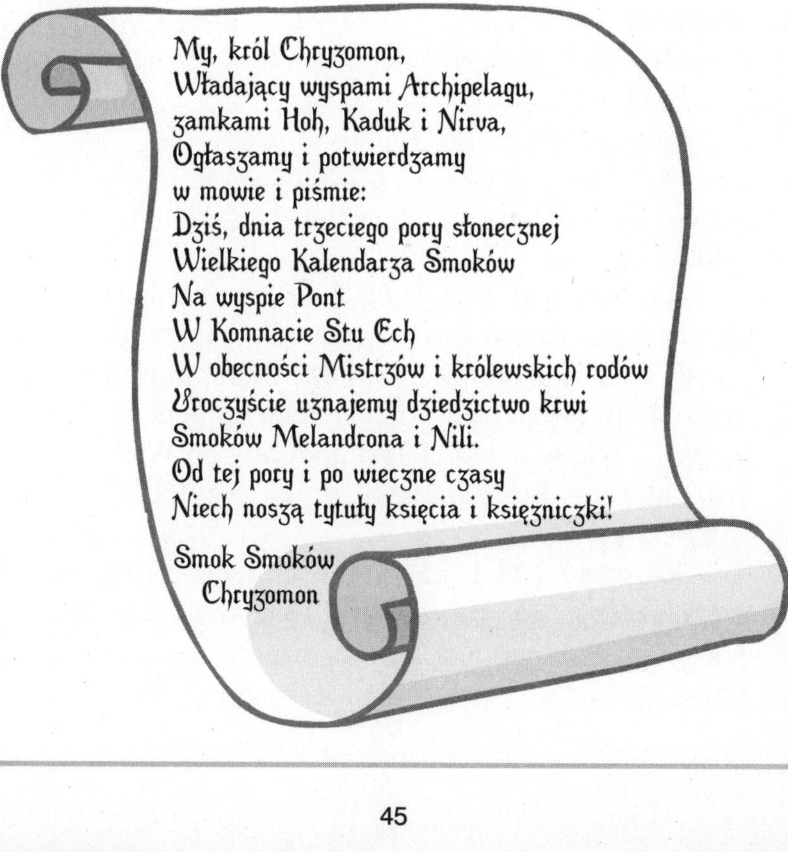

Smok Herold umilkł, pokazując jednocześnie zgromadzonym królewski edykt. Napisano go w języku *hul,* którym od najdawniejszych czasów posługują się wszystkie uczone smoki. Na samym dole, tam, gdzie na złotym sznurze połyskiwała czerwona, lakowa pieczęć, obok podpisu widniał odcisk łapy! Łapy Smoka Smoków.

Potem ryknęły znowu konchy i wybuchła wrzawa. Nilę i Melandrona otoczyli krewniacy. Królewscy kuzyni, pociotkowie, siostrzeńcy i bratanki kłębili się, przepychali, aby ich dotknąć lub z bliska rzucić na nich okiem. W powietrzu krzyżowały się okrzyki:

– Och, ach! Jacy piękni!

– Królewska krew!

– Czyż nie są słodcy!?

– Przestań, Latopio! To przecież smoki! – Wiekowy olbrzym strofował rozczulającą się zanadto smoczycę.

– Przepuśćcie mnie! Puśćcie do nich! Jestem stryjecznym dziadkiem! – Jednooki jaszczur zmagał się ze stojącym mu na drodze tłumem. Usiłował zbliżyć się do świeżo upieczonego księcia i księżniczki. – Nie widzicie?! Jest podobny do Wielkiego Norisa! Tego, który pokonał stu rycerzy! Tak samo różowiutki!

– Różowy? – Melandron ze zdumienia tak kłapnął szczękami, że się wzdrygnął. – To chyba nie o mnie. Nie znam żadnego Norisa! Ani wielkiego, ani małego!

– A o kim? – złośliwie zachichotała Nila. – Gdybyś się tylko widział! Jesteś różowy! Od stóp do głów! Zarumieniłeś się!

– Akurat! – nastroszył się Melandron. – Lepiej się stąd wynośmy! Tu nie dadzą nam spokoju! Nic tu po nas.

I nie zastanawiając się, dał nura pomiędzy potężne łapy, brzuszyska i ogony. Chcąc nie chcąc, Nila ruszyła jego śladem.

Za srebrnymi drzwiami czekała na nich Yonona.

– Mam was odprowadzić! – mruknęła. – Więc jeżeli nie macie nic przeciwko temu, chodźmy!

– Znowu? – wyrwało się Nili. – Do tej ciemnej nory?!

– Nie! – zaprzeczyła sucho Yonona. – Nie wracamy do Jaskini Urodzin. Zamieszkacie w zamku nad urwiskiem. Jak przystało na książęta krwi!

– To znaczy? – zapytał Melandron.

– To znaczy, w najlepszych komnatach, w wieży z widokiem na morze! Jeszcze coś?

Komnaty nad urwiskiem były jasne, wyścielone skórami dzikich zwierząt. Łączyły je krótkie, wąskie przejścia, w sam raz, by mogły się w nich mieścić dorastające smoki. Melandron wybrał komnatę, z której widać było morze i równie błękitne niebo.

Jego siostrze przypadła komnata nad skałami. Kilka stóp poniżej, szumiąc i hucząc, o głazy rozbryzgiwały się fale, a w słoneczne dni wodny pył tworzył maleńkie tęcze.

– Okropne miejsce! – skrzywiła się Nila.

– Okroooopne?! Co masz na myśli? – stęknęła, nie kryjąc oburzenia Yonona. – Jej ślepia zrobiły się teraz wielkie niczym młyńskie koła. – Smok Smoków i wszyscy władcy mieszkali tu, aż dorośli. Tu spędzali czas na nauce i zabawie! Mistrz Lotów uważa, że nie ma lepszego miejsca do szybowania!

– Mamy się uczyć latać, tu? Nad przepaścią? – Wytrzeszczyła oczy Nila. – Tu!?

– Nie ma lepszego miejsca! – cierpko ucięła Yonona. – Rozgośćcie się, a potem zejdźcie na ucztę!

Yonona zakręciła się w kółko i… rozpłynęła w powietrzu!

– Niezła sztuczka! – potrząsnął głowami Melandron.

– Zupełnie niezła – zgodziła się z nim Nila – to smocze czary! Nie wiem jak ty, ale ja wolałabym się uczyć zaklęć niż tych głupich lotów!

Na dźwięk słowa uczta przypomnieli sobie, jak bardzo są głodni. Co prawda smoki, bez uszczerbku dla zdrowia i siły, przez wiele dni potrafią obywać się bez pożywienia, ale nie dotyczy to małych, ledwo co wyklutych z jaj.

Wybiegli więc z wieży w poszukiwaniu biesiadnej komnaty. Nie szukali jej długo. Prowadziły ich do niej podniesione głosy i wabiący zapach potraw. Gdy stanęli w progu biesiadnej komnaty, powitały ich oklaski.

Rozdział szósty

MISTRZ DROGI

– Nareszcie! – Na widok małego księcia i jego siostry Chryzomon uciszył siedzące za stołami smoki. Dał znak obojgu, by przy nim usiedli.

Zaraz też w królewskiej łapie błysnął złoty puchar.

– Zdrowie smoków!

– Zdrowie! Zdrowie! – ryknęli ochoczo biesiadnicy.

Melandron nie dowierzał własnym oczom, stoły wprost uginały się od potraw. Choć niczego nie brakowało, jakieś pokraczne, dwunożne stwory wciąż donosiły góry mięsiwa, piramidy owoców, bulwy, strąki, korzenie roślin. Do tego stosy ciast, pieczywa... dzbany napojów.

– Więc tym... tym żywią się smoki? – jęknął, nie kryjąc podziwu.

– A myślałeś, że czym? – beknął jego sąsiad. Był to spory smok, którego paszcze nie próżnowały. W zawrotnym tempie opróżniał misę za misą, wypełniając przepastną czeluść swego żołądka.

Melandron sięgnął po stojący przed nim puchar. Ostrożnie zanurzył język w czymś białym i słodkim.

– Niezłe! – rzucił spojrzenie siostrze.

Nila skinęła głowami i zamieszała łapą w misie zielonej galarety.

– A ty... spróbuj tego! – mruknęła i wskazała kolorowy przysmak. – Jest... jest... – nie mogąc znaleźć odpowiedniego słowa, oblizała łapę i pchnęła misę w jego stronę. – Sam zobacz!

Przez jakiś czas opychali się smakołykami. Smoczą czekoladą, królewską chałwą i kruchymi ciasteczkami Yonony.

– Nie wiedziałem, że umie robić takie rzeczy – zdziwił się Melandron.

– Ani ja – zgodziła się z nim siostra – są pyszne! Nigdy czegoś takiego nie jadłam!

– Potrafi znacznie więcej! – Chryzomon nachylił się do nich. – Jest wy-ją-tko-wa! – głośna czkawka wstrząsnęła królewskim brzuchem.

– Skoro tak, czemu nie ma jej z nami? – Melandron odsunął misę prażonych orzechów i sięgnął znów po mleczny napój.

– To kwestia etykiety! – Smok Smoków czknął tak potężnie, że zatrzęsły się mury. – Dworskiej etykiety. Jedni rodzą się królami, inni sługami! Nie ma dla nich miejsca przy jednym stole! Hej, gnomie! – wrzasnął na jednego z pokracznych stworów – daj znać harfiarzom!

– Ale to niesprawiedliwe! – stanęła w obronie opiekunki Nila. Tych słów Chryzomon jednak nie dosłyszał. Odezwały się bowiem dźwięki harfy i zagłuszyła je pieśń. Prastara pieśń smoków.

Z ognia, dymu,
Z ziemi, wody
Wielka siła
nas zrodziła.

Grzbiet jak tarcza,
Kły, pazury.
Drżą przed smokiem
Nawet góry.
Las umyka
Smokom z drogi.
W mórz głębinach
Stwór się chowa.
Pierzcha ptak,
gdy pod obłoki
wznoszą skrzydła
stada smoków...

Pieśń nie miała końca. Ciągnęła się wolno, wolniutko. Im szybciej krążyły dzbany mocnego smoczego wina, tym leniwiej płynął śpiew. Jak niepodsycany ogień uczta dogasała.

– Chce mi się spać! – Oczy Nili przypominały wąskie szparki.

– Mnie też – ziewał Melandron. I nawet nie wiedzieli, kiedy opadły im powieki ani jak dotarli do swych komnat.

Zbudził ich głos Yonony. Rześki, rozkazujący, by natychmiast wstali. Smoczyca wyprowadziła ich na dziedziniec zamkowy, gdzie czekał na nich Mistrz Drogi. Nie wyglądał tak groźnie, jak się wydawało, i nie był wcale taki ślepy.

Wskazał im miejsce w cieniu wysokiej wieży, a sam zmrużył ślepia i zapadł w drzemkę.

– Co z nim? – zniecierpliwiła się Nila. Z każdą chwilą cień wieży kurczył się i słońce paliło ich delikatną skórę. – Mamy się tu usmażyć?! Miał nas uczyć drogi, jak nie zabłądzić w lochach i... w ogóle...

Mistrz Drogi otwarł jedno oko. Pięć pozostałych nadal rozkoszowało się drzemką. – Proszę, proszę... – stęknął zgryźliwie – jaki głód wiedzy! To wasza pierwsza lekcja – rzekł, zmieniając ton – lekcja cierpliwości. I oby wam jej przybywało. Cierpliwość i spokój są najważniejsze. No dobrze, choć nie poszło wam najlepiej, na dzisiaj już dosyć! – Podniósł się ociężale i ruszył ku zamkowej bramie. Nim zniknął, zatrzymał się i wycedził przez zęby: – Droga smoków to nie tylko lochy, to wszystko, co się już zdarzyło i jeszcze się wydarzy. Ale jeśli tak się spieszycie, do zobaczenia w podziemiach.

Zostali sami na dziedzińcu, nie wiedząc, co robić. Na szczęście niemal natychmiast zjawiła się Yonona.

– Co z tą drogą, o co mu chodziło? – zapytał Melandron.

Yonona zaczerpnęła powietrza, jakby miała zanurkować w wodzie. Potem wypuściła je z głośnym bulgotaniem. – Nie słyszeliście?! Wszystko, a zwłaszcza pieśń o Złotym Smoku!

– Nie znamy jej – wykrzyknęła Nila. – Czy możesz... opowiedz nam! Yonono...

– Wykluczone! To wyłączny przywilej Mistrza Drogi i tylko on zna pieśń o Złotym Smoku.

– Całą i opowie nam?

– Z pewnością! Każdy smok słyszy ją raz w życiu! A teraz już chodźmy.

– Dokąd? – Melandronowi było gorąco, chciało mu się pić i najchętniej schowałby się gdzieś w cieniu.

– Zobaczycie! – mruknęła tajemniczo smoczyca i wyprowadziła ich przez zamkową bramę na porośnięty trawą pagórek. Na jego zboczu, pod czujnym okiem Mistrza Lotów, ćwiczyło tu kilka jednogłowych smoków. Melandron, który sam miał trzy głowy, nie mógł się temu nadziwić. Jednogłowe w królewskiej twierdzy?! Czy to nie przed nimi ostrzegała niedawno Yonona?

Zerknął na smoczycę. Yonona zmrużyła ślepia i choć nie zadał głośno pytania, odpowiedziała:

– Nie wszystkie smoki jednogłowe są naszymi wrogami. To plemię fervaksów od wieków służące królewskiej dynastii. Są wierne, a ich dzielność i odwaga nie ma sobie równych!

– Lęgną się błękitne i czerwone? – zdumiała się Nila.

Yonona potrząsnęła głowami. – Nic podobnego! To dzieło Mistrza Magii. Po urodzeniu zabiera je do swojej jaskini i w zależności od rodzaju służby barwi im skórę. Błękitne to smoki pocztowe. Są szybkie jak wiatr. Nikt lepiej od nich nie przynosi wieści. Czerwone to wojownicy. Są też strażnikami skarbów, zwiadowcami i myśliwymi.

Jakiś czas przyglądali się próbom młodych smoków. Jedne niezdarnie podskakiwały z rozłożonymi skrzydłami, inne na chwilę wzbijały się w powietrze i natychmiast opadały. Mistrz Lotów cierpliwie układał im skrzydła, a nawet wzbudzał magiczny wiatr pozwalający łatwiej oderwać się od ziemi. Niekiedy sam wznosił się w górę i pokazywał, jak szybować, wykorzystując najmniejsze podmuchy powietrza.

Melandronowi tak bardzo spodobały się te ćwiczenia, że miał ochotę natychmiast przyłączyć się do jednogłowych. Ale wielka smoczyca rozwiała jego nadzieję.

– Smoki królewskiego rodu nie mogą latać z fervaksami. To zabronione!

– Dlaczego?

Zamiast odpowiedzi Yonona ciężko westchnęła i spojrzała w niebo.

– Jak więc mamy się tego nauczyć? – nie ustępował Melandron. – Niczego nam nie wolno?!

– Nie narzekajcie! – gniewnie parsknęła Yonona. – Po pierwsze, to nieprawda. Po drugie, gdyby królewskim smokom wszystko było wolno, świat stanąłby na głowie.

– To znaczy jak? Do góry nogami!? – Melandron bez zastanowienia wsunął głowy pomiędzy przednie łapki.

– Wygląda tak samo – zawołał. – Nic się nie zmieniło, chyba tylko to, że widzę swój brzuch!

– Bo nie świat stoi na głowie, tylko ty! – niczym grzmot w powietrzu przetoczył się śmiech Yonony. I nagle przyszło jej na myśl, że ten mały wyrośnie albo na wielkiego władcę, albo na artystę. Postanowiła jak najszybciej sprawdzić to w podręcznej Księdze Przepowiedni.

Rozdział siódmy

ZŁOTY SMOK

Mistrz Drogi czekał na nich w podziemiach. Smoczyca zaprowadziła ich do ukrytego w skałach wejścia, a dalej musieli sobie radzić sami. Melandron wydmuchiwał iskierki ognia i między jednym a drugim błyskiem szukali na ścianach znaków. Dzięki przezorności Yonony wiedzieli jakich. Nim zanurzyli się w lochach, smoczyca nakreśliła pazurami na kamienistej, zrudziałej ziemi falującego węża, złamaną strzałę, półksiężyc i krzyż.

Melandron zapamiętał kolejność znaków i po pewnym czasie dotarli do Komory. Zdawała się pusta, lecz w jej mroku wyczuwało się czyjąś obecność. Przez moment nasłuchiwali. Ciszy Komory nie mącił jednak najdrobniejszy dźwięk.

– Nie ma go! – szepnęła rozczarowana Nila. – Nikogo tu nie ma!

– Nie jestem taki pewien... – Melandron ostrożnie postąpił kilka kroków w ciemność i zawołał: – Mistrzu Drogi, Mistrzu Drogi!

Obudzone echo uderzyło jak grom. Wystraszone smoki przypadły do ziemi. W ułamku sekundy Komorę zalała też oślepiająca jasność. Nila i Melandron leżeli bez ruchu, spodziewając się najgorszego. Nic się jednak nie stało. Gdy wreszcie odważyli się otworzyć oczy, odetchnęli z ulgą. Mistrz Drogi stał przy długiej kamiennej ścianie wpatrzony w coś, czego oni nie mogli dostrzec.

– A więc… – odwrócił się do nich, a jego słowa przez chwilę drgały w powietrzu. Potem ruchem łapy dał znak, by się zbliżyli. A kiedy to uczynili, trzy razy głośno wypowiedział zaklęcie.

– *Meriva, Merana, Merona* – jego chrapliwy głos wypełniał Komorę, z każdym oddechem, z każdym uderzeniem serca potężniejąc. I chociaż Nila i Melandron nie znali języka *hul*, prastarej mowy smoków, wiedzieli, co to oznacza. Mistrz śpiewał pieśń o początku świata, narodzinach smoków, o początku wszystkiego.

Gdzieś znikły ściany lochu i nad głowami oszołomionych malców rozbłysły ogniste kule. Pędziły ku nim z wysoka, zmieniały kształty, stały się chmarą strzał, szybujących włóczni, wreszcie stadem smoków. Jeden z nich wyróżniał się ogromem, jego łuski błyszczały szczerym złotem.

Było w tym coś ze snu, magicznego snu, z którego nie potrafili się ocknąć. Złoty Smok zbliżał się do nich, a jego bursztynowe oczy przyciągały niczym magnes. Mimo że przytłaczał wielkością, w Melandronie i jego siostrze wcale nie budził lęku, przeciwnie, gotowi byli biec za nim teraz i zawsze.

W końcu pieśń umilkła, ale choć wróciły kamienne ściany, Złoty Smok wciąż jeszcze był z nimi. Melandron wyczuwał jego obecność. Rozglądał się, mając nadzieję, że go jeszcze ujrzy.

– Jak to możliwe? – wykrztusił. – On tu jest! Czuję to!

– Jesteście jednej krwi – głos Mistrza wciąż miał w sobie coś z magii. – Jest praprasmokiem, a więc częścią ciebie, każdego z nas!

– Mnie też? – skrzywiła się z powątpiewaniem Nila. – Przecież zniknął. A skoro go nie ma, musi być już daleko!

– Tylko tak daleko jak przeszłość – odparł z powagą smok. – A teraz skupcie się! Droga smoków to nie tylko jej początek.

Mistrz Drogi uderzył łapą w kamienny obelisk. Jego boki rozsunęły się, ukazując gładką, polerowaną tablicę. Wyryte na niej runy wyglądały tajemniczo i ani Melandron, ani Nila nie mieli pojęcia, co mogą znaczyć.

Mistrz pochylił głowy przed tablicą i dał znak, by zrobili to samo.

– Oto Kodeks – rzekł. – Wieczne prawa smoków. Są starsze niż góry i morza! Dzięki nim sprawiedliwie rządzą władcy, a wolnym smokom nie zagraża głód ani niewola! Ustanowiono go, aby nasze stada i pola były bezpieczne, a smoki jednej krwi nie przelewały jej w bitwach i bratobójczych walkach.

– A jednogłowe? – Melandron gwałtownie wysunął się do przodu, tak że jego nozdrza niemal dotykały tablicy.

– To kodeks królewski! – Mistrz oderwał wzrok od runów i przyjrzał się młodemu smokowi. W wielkich oczach błysnęło zdumienie. Od wieków nauczał smoki prastarych praw i obowiązków, pokazywał im drogę, ale ten mały... Dawno nie spotkał kogoś, kto ośmieliłby się tak pytać. Pytanie było tak zuchwałe, że przez chwilę musiał zbierać myśli.

– Nie są naszej krwi – odpowiedział wymijająco – ich prawa są inne, a to oznacza...

– Ale są smokami! – przerwał mu Melandron. – Czy nie powinno obowiązywać ich to samo?

Gdyby potrafił, Mistrz Drogi by się zaczerwienił. Ileż razy to samo przychodziło mu do głowy. Od niepamiętnych czasów jednogłowe smoki toczyły wojny z trójgłowymi. Kości jednych i drugich bieleją na całym Archipelagu. Próżno by szukać wyspy, w którą nie wsiąkła smocza krew. Czy skarby Kaduku są tego warte? Czy Złoty Smok nie przyleciał tu kiedyś w pokoju, razem z innymi?!

Melandron nie doczekał się odpowiedzi. Mistrz Drogi tkwił w zadumie, w końcu zamknął obelisk i ruszyli ku wyjściu. Stary smok prowadził ich teraz inną drogą. Co jakiś czas przystawał, objaśniając znaki na skałach. Było ich niewiele, lecz ich ryty nie zawsze oznaczały to samo.

– Ostrożnie! – Łapa smoka w ostatniej chwili zatrzymała Nilę. – Strzeżcie się pułapek! – Mistrz wskazał przekreśloną strzałę. Pchnął leżący przed nimi spory kamień i w chwilę potem gdzieś z dołu dobiegł ich odgłos upadku.

– Co to było? – zjeżyła się Nila. Na samą myśl, że mogła podzielić los intruzów ryzykujących wejście do podziemi, ciarki przebiegły jej po grzbiecie.

– To Studnia Śmierci! – Mistrz Drogi oświetlił ziejącą u ich stóp otchłań. – Nie ma z niej wyjścia! W labiryncie jest ich kilka. Wydrążono je w czasach Chryzoponta. Kaduk i cała wyspa były wtedy w prawdziwym ogniu walki. Dzień i noc wspierane przez czarowników chmary jednogłowych wściekle atakowały królewskie gniazdo. Zakradały się nawet do podziemi!

– Chodziło im o skarby? – głos Melandrona drżał z podniecenia.

– Nie tylko!

– Więc o co?

– O topór! Najgroźniejszą broń, jaką kiedykolwiek wynaleziono przeciwko smokom!

– Jeżeli jest tak groźna, to dlaczego jej nie zniszczono? – Nila wyciągnęła szyję, starając się zerknąć w przepaść. Jej ciekawość była większa niż lęk.

– To niemożliwe! – Smok umilkł, lecz po chwili wahania ciągnął dalej: – Wykuli go i obdarzyli mocą najwięksi czarodzieje. Lecz nawet oni, choć tego dokonali, nie byliby w stanie go unicestwić! Topór jest niezniszczalny!

– Są naszymi wrogami? – zapytała Nila.

– Czarodzieje!? – Smok zastanawiał się przez chwilę. – I tak, i nie! Ci, co go obdarzyli niezniszczalną mocą, pragnęli jedynie zachować równowagę. Topór bowiem to jedyna rzecz, którą można ściąć

Drzewo Mocy, drzewo, z którego wszystkie smoki czerpią swą magiczną siłę. Kto go posiada, ma władzę nad smokami!

– Nad wszystkimi!?

– Wszystkimi, bez wyjątku! Wiedzą o tym jednogłowe i służący im czarnoksiężnicy. Dlatego o niego walczą! Jest cenniejszy od złota i klejnotów.

– I ukryto go w skarbcu? Tu w podziemiach?

Mistrz Drogi z pobłażaniem przyjrzał się Melandronowi i odpowiedział: – Wielu tak uważa, ale to nieprawda! Mury skarbca są potężne, związane zaklęciami, ale i one nie wystarczyłyby do uchronienia topora! Raz w roku bowiem moc czarów słabnie. A wtedy... w czas przesilenia topór nie byłby bezpieczny.

– Więc gdzie on jest...? – wyrwało się Nili.

Mistrz Drogi zmrużył ślepia. – Lepiej stąd chodźmy! Są pytania, na które nie ma odpowiedzi! A nawet gdyby istniały, osłania je pieczęć milczenia.

– Ale przecież... ale ty wiesz! – z przekonaniem wykrzyknął Melandron.

Mistrz Drogi nie raczył na to jednak odpowiedzieć. Rzucił zaklęcie omijające i obok Studni Śmierci natychmiast pojawiła się szeroka skalna półka. Przeprawili się przez nią i po tysiącu krokach znaleźli się przy wyjściu.

Yonona wygrzewała się w słońcu. Jej łuskoskóra błyszczała jak polana wodą. Podziękowała skinieniem Mistrzowi Drogi, a kiedy się oddalił, ociężale podźwignęła się z miejsca.

– Ruszajcie się! Mam wam pokazać lądowisko!

– Teraz? Już widzieliśmy! – zaprotestowała Nila. Po wyprawie w głąb lochów nie miała ochoty niczego więcej oglądać.

– Widzieliście? – parsknęła Yonona. – Jeśli macie na myśli tę oślą łąkę, gdzie młode smoki zadzierają nogi, to jesteście w błędzie!

Rozdział ósmy

EXTERIO

– Nareszcie! – głos, który docierał do jego uszu był dziwnie znajomy. – Zaraz otworzy oczy!

– Albo zamknie! Zamknie na zawsze! Po takim doświadczeniu nawet wielcy czarodzieje długo błąkali się w *exterio,* pomiędzy światami magii i rzeczywistości

– Wynocha stąd! Wszyscy!

Nie, nie... to nie mógł być ktoś inny! Opryskliwy, tubalny głos bez wątpienia należał do Flippy. Dawid poznałby go nawet po stu latach.

– Odsuńcie się! Potrzeba mu powietrza! Więcej powietrza.

Poczuł na twarzy delikatny podmuch i ostrożnie uchylił ciężkie, ołowiane powieki.

Chciał zapytać, gdzie jest i co się stało, lecz Altus uprzedził to pytanie.

– Spokojnie. Spokojnie, Dawidzie! Już po wszystkim! Jesteśmy na Poncie, w smoczym zamku! Wróciłeś! – Dłoń arcymaga dotknęła jego ramienia – W ostatniej chwili, gdyby nie Kiona... no... mogło być gorzej! Znacznie gorzej!

Dawid usiadł, lecz natychmiast opadł na szorstki siennik. Poszukał wzrokiem Kiony, ale oprócz Altusa, Flippy i krzywonogiego Zerta nikogo więcej nie było w komnacie. Pomieszczenie, w którym się znajdowali, było przestronne, wysokie, ze sklepieniem wspartym na ogromnych filarach. Na suficie czas i płomienie zatarły ślady jakichś malowideł. Dawid miał wrażenie, że zna tę salę, choć z drugiej strony gotów był przysiąc, że nigdy w niej nie był. Zamek Kaduk miał przed nim jeszcze wiele tajemnic. Ale... nagle doznał olśnienia.

– To Komnata Królów – mruknął, wskazując ręką osmalone, pokryte sadzą drzwi. – Brylantowe Wrota!

– Co takiego? – Arcymag zerknął w stronę drzwi. Ich metalowe, poskręcane przez pożar klamki, uchwyty i ozdoby w niczym nie przypominały jubilerskiego cuda.

– Jest oszołomiony! – Flippa podsunęła Dawidowi pod nos flakonik z cuchnącym paskudztwem. – Zbyt długo był smokiem. Dajmy mu odpocząć!

– Smokiem? – z piersi Dawida wydarł się jęk. Miał wrażenie, że ocknął się z koszmarnego snu, snu, z którego nic nie zapamiętał.

– Dokonałeś przemiany! Niestety, trwała tak długo, że... Aby odzyskać pamięć...

– Altusie! – Flippa łagodnie, lecz stanowczo odsunęła arcymaga od posłania czarodzieja – jego pamięć jest pusta jak dziurawy dzban. Nie męcz go! Za kilka dni, jak dobrze pójdzie, odzyska siły i wszystko sobie przypomni. Ale teraz... na jakiś czas pozostanie w moich rękach. Tylko moich! Sam wiesz, ile trzeba wysiłku, żeby wyjść z *exterio,* z *pomiędzy*.

Czarownica skręciła w kulkę niewielki zielony listek i wepchnęła Dawidowi w usta. – Już dobrze – powiedziała uspokajającym tonem. – Połknij go! To *demember,* ziele, po którym wraca pamięć. A teraz śpij!

Głowę Dawida przeszyło ostrze bólu. Skrzywił się, obmacując palcami skronie. – Moja głowa... co z nią?

– To naturalne – czarownica musnęła jego czoło – gdy trzy głowy na powrót stają się jedną. – I z pewnością przykre! – wtrącił Altus. – Nie sądzisz chyba, że długotrwałe przemiany dokonują się bezkarnie. Byłeś smokiem, Dawidzie! Trójgłowym smokiem!

– Być może... – wymamrotał sennym głosem. Jego powieki stały się tak ciężkie, że nie zdołał tego pokonać. W chwilę potem zapadł się w ciemność.

Arcymag i czarownica przyglądali się śpiącemu z posępnymi minami.

– On nie tylko był... – powiedziała cicho Flippa – ale wciąż jest smokiem! Co prawda, jego ciało dokonało pełnej przemiany, lecz umysł... niestety.

Arcymag ze zrozumieniem skinął głową.

– Mam nadzieję, że nie potrwa to zbyt długo.

– Nie wiem! – czarownica bezradnie rozłożyła ramiona. – Jeżeli będzie miał szczęście... Dopóki jego umysł się nie oczyści, musimy uzbroić się w cierpliwość. Idź odpocząć, Altusie, też ci się to należy!

Tymczasem ciemność, która otoczyła Dawida niespodziewanie, poszarzała i wyłoniła się z niej Nila. Smoczyca rozglądała się na boki, wciągając nozdrzami powietrze. Węszyła tak dłuższą chwilę, wreszcie wrzasnęła:

– To ty, Melandronie? Czuję cię, ale nie widzę. Gdzie jesteś?

– Melandronie? Więc to prawda! Byłem... jestem smokiem. – Dawid nie potrafił wykrztusić słowa. Przez jego umysł przelatywały tysiące myśli.

– Co z tobą? – Nila nie zamierzała rezygnować. – Wszyscy twierdzą, że cię porwano! Uprowadzono! Widzisz, co narobiłeś?! Od paru dni mistrzowie i strażnicy przetrząsają całe królestwo. Zapuszczają się na tereny jednogłowych! Czy wiesz, że wzięto nawet jeńców?! Nie wygłupiaj się!

Przerażony Dawid nie mógł dłużej milczeć.

– Nie wygłupiam się – powiedział głosem, który znał, ale który nie należał do niego.

– Więc wyłaź!

– To niemożliwe! Mnie... mnie – zająknął się – mnie nie ma! To znaczy...

– Oszalałeś?! – Nila była pewna, że Melandron najzwyczajniej się drażni, że to nowa sztuczka, której gdzieś się nauczył i jak zwykle się popisuje.

– Masz się stawić przed Chryzomonem! – powiedziała stanowczo. – Nic mnie nie obchodzi! Jeśli się tam nie zjawimy, Yonona zarządzi dalsze poszukiwania... Wcześniej czy później znajdą cię! A wtedy...

– Nic nie rozumiesz! – z piersi Dawida-Melandrona wyrwało się westchnienie. – Nie jestem smokiem, tylko czarodziejem, który dokonał przemiany, i teraz, teraz jestem *pomiędzy*!

Zabrzmiało to tak rozpaczliwie, że przez moment Nila stała jak wryta.

– Jak to? – stęknęła z niedowierzaniem. – Przecież wyklułeś się z jaja. Byłam przy tym! Urodziłeś się smokiem! Księciem krwi! No więc...? Jeśli to żart...? Przestań, przestań wreszcie!

– Nie! – zabrzmiało znikąd – wiem, że to niewiarygodne, ale... ale... to prawda! Byłem smokiem tak długo, jak długo działało zaklęcie, a teraz...

– Co teraz? – z chwili na chwilę Nila była bardziej nieufna. – Jeżeli nie działa zaklęcie i nie jesteś już smokiem, to dlaczego cię słyszę?

– Nie wiem. Mag Altus twierdzi, że to skutek zbyt długiej przemiany.

– Mag Altus? A to kto znowu?

– Mój mistrz! Arcymag z wyspy Mu. Żyjemy w innym czasie!

– I on cię wysłał? – smoczyca prychnęła dymem. – Po co?

Dawid potrząsnął głową, tak mu się przynajmniej zdawało. – To długa historia – mruknął, starając się zebrać myśli. – Arcymag Altus nie miał z tym nic wspólnego, przynajmniej na początku. To była prośba władcy smoków. Po trzeciej Wielkiej Wojnie Smoków na żądanie Malediviusa wszczęto poszukiwania Korony Królów. Wybór padł na mnie!

– Na ciebie? Dlaczego? Masz na myśli klejnot Chryzomona? – przerwała podniecona Nila. – Ten wielki kamień w koronie?

– Ten sam. Posiada ogromną moc, równą albo nawet większą od Topora z Ans. Bez klejnotu w moich czasach trójgłowe smoki nie są w stanie pokonać czarnoksiężnika i tej bandy jednogłowych. Dokonałem przemiany, aby go odnaleźć.

– Odnaleźć?! Przecież nie zginął. Jest w królewskim skarbcu! – zdumiała się Nila.

– To prawda – przyznał Dawid – ale zostanie ukryty, żeby nie wpadł w łapy jednogłowych, kiedy wybuchnie wojna. Król Drago każe go schować!

– I co z tego!?

– To, że w naszych czasach nikt nie wie gdzie! A bez jego mocy nie uda się ocalić Kaduku i całego królestwa.

– To nie może być prawda – Nila podrapała się po środkowej głowie. – To wariactwo! Muszę się zastanowić.

– Nad czym?! Chcę tylko wiedzieć, gdzie zostanie ukryty klejnot. Nie jestem złodziejem. Muszę znaleźć miejsce, nie gdzie DZIŚ go przechowują, lecz gdzie go ukryją! Nie szukam skarbca, tylko innej skrytki! Z pewnością taka istnieje!

Dawid zawiesił głos, jakby oczekiwał odpowiedzi.

Na razie zamiast tego usłyszał sapnięcie. – Sama nie wiem! – zamyśliła się Nila. – Może Yonona... ona zna wiele tajemnic.

– Yonona?! Sądzisz, że ci uwierzy? Dla niej jestem tylko porwanym królewskim smokiem. A jeśli nawet, natychmiast postawi na nogi wszystkich mistrzów, całą magię smoków. Wątpię, że uda mi się wtedy wyjść z tego cało i spełnić życzenie Malediviusa.

– Więc czego chcesz?

– Pomóż mi!

Tego się nie spodziewała. Ten przemądrzały, wścibski Melandron poprosił ją o pomoc! Co ma robić? Zrobiło jej się go żal. A poza tym... ledwie kilka dni temu Mistrz Drogi wbijał im do głów smoczy kodeks. Powtarzane wiele razy słowa dźwięczały teraz w jej uszach:

Pierwszą powinnością smoków wobec innych smoków jest pomoc! Smoki jednej krwi są braćmi!

Ale Melandron? Czy był, czy jest jej bratem? Przecież twierdzi, że...

– Czy jesteś smokiem? – Nila postanowiła ostatecznie rozstrzygnąć swoje wątpliwości. Jeśli ma mu pomóc, musi dokładnie wiedzieć.

– I tak, i nie! – Dawid nie dziwił się tym pytaniom. Sam miał niezły zamęt w głowie. – Już mówiłem! Na skutek zbyt długiej przemiany, choć utraciłem postać smoka, mój umysł wciąż jeszcze myśli i czuje jak Melandron.

– Więc jednak! – ucieszyła się Nila. – Jesteś smokiem, niewidzialnym smokiem! Nie trzeba było tak od razu!?

– Powiedzmy! – zgodził się potulnie. Nie było sensu się spierać ani szczegółowo tłumaczyć. Wiedział, jak wiele teraz zależało od małej smoczycy. Był *pomiędzy*, co oznaczało, że musi cierpliwie czekać, aż przestanie działać zaklęcie, aż pozwoli mu w pełni wrócić do własnego czasu i świata. Gdyby zaś Nila zdecydowała się pomóc, mógłby odnaleźć skrytkę. Chociaż nikt tego nie był w stanie zauważyć, Dawid uśmiechnął się. Losy królestwa Malediviusa zależały od małej Nili.

– Więc co mam robić? – Nila niespodziewanie gładko weszła w skórę spiskowca. – Mam wyciągnąć od Yonony, gdzie są inne skrytki?

– Od niej, od Mistrza Drogi... to ryzykowne, ale powinno się udać! Nie mamy wyjścia – Dawid wiedział, co mówi, a przynajmniej miał taką nadzieję. Nili nie brakowało sprytu. W tym zamieszaniu, kiedy wszyscy wszystkich o coś pytali, przetrząsali zakamarki pałacu i podziemi, mogło się udać. Nila była księżniczką i szukając brata, mogła pytać o wszystko!

– Tylko... to tajemnica. Nie powinni się domyśleć! Magia smoków jest tak potężna, że mogłaby mnie uwięzić... chyba rozumiesz?

– Wiem! – prychnęła smoczyca. – Nie jestem głupia! Nie musisz mi przypominać. Mam nadzieję, że nie robimy nic złego! Ciekawe, jak to wszystko jest możliwe...?

– Opowiem ci innym razem... – Z Melandronem-Dawidem coś się działo. Mówił z coraz większym trudem, a słowa Nili docierały do niego z bardzo daleka. W końcu wszystko zawirowało i ucichło.

Rozdział dziewiąty

TELEPORTUS INVITUS

– Miałeś widzenie. Senne widzenie! – Flippa pogładziła rękę Dawida i otarła mu pot z czoła – Leż! Nie ruszaj się! To tylko sen!

– Nie! – zaprotestował. – Byłem tam, przysięgam! Znowu byłem i widziałem Nilę.

– Kogo?

– Nilę! Moją siostrę Nilę. Była przy mnie, kiedy wyklułem się z jaja! To znaczy, gdy dokonałem przemiany! To mała smoczyca!

Czarownica pokręciła smutno głową. Podeszła do stołu i z drewnianej skrzynki wydobyła pękate gliniane naczynie. Odmierzyła na łyżkę kilka kropli płynu i stanęła przy łóżku.

– Masz! To cię uspokoi!

– Nie sądzę! – Dawid odrzucił okrywający go wełniany koc i opuścił stopy na ziemię.– Byłem tam! – powtórzył. – A Nila pomoże nam odnaleźć klejnot! Jeśli nie wierzysz, zapytaj Malediviusa. Od stu lat wszystkie trójgłowe smoki przetrząsają Archipelag, poszukując Korony Królów. Wiem, gdzie jest, a właściwie, gdzie znajduje się w czasach Chryzoponta. Jeżeli Nili się uda, znajdzie inne skrytki. A wtedy...

Ciężkie człapanie przerwało ich rozmowę. Dawid miał wrażenie, że ogromna sala nagle się skurczyła. Kolebiąc się z łapy na łapę, z boku na bok, wtoczył się do niej władca Kaduku, Maledivius.

– Witaj, przyjacielu! – wielki smok starał się ściszyć głos, lecz echo i tak odgrzmiało jego słowa.

– Witaj! – wyszeptał Dawid.

– Niełatwo być smokiem! Co? – Maledivius przysiadł na zadzie, bacznie się rozglądając. – Jesteś sam?

– Sam? – Dawid poszukał wzrokiem Flippy. Po czarownicy nie było jednak śladu. – Nieee – powiedział, nie kryjąc rozbawienia. – Jestem z Flippą, tylko że... nawet nie zauważyłem, kiedy znikła! Ona nie lubi smoków. Boi się! Po doświadczeniach z jednogłowymi to chyba zrozumiałe!

– No tak! – zamruczał Maledivius. Nie miał pojęcia o doświadczeniach czarownicy, chociaż domyślał się, że były okropne. Wciągnął nozdrzami powietrze i smakował je przez dłuższą chwilę. – Użyła magii. To nawet lepiej, lepiej, że jej nie ma. To, co mam do powiedzenia, przeznaczone jest dla nielicznych wybranych uszu.

Smok pochylił się nad Dawidem. – Złe wieści, czarodzieju!

– A czy kiedyś były dobre!?

– Tym razem są gorsze! Jeszcze gorsze! – Maledivius przeszedł na mowę *hul* i dla pewności zniżył głos. – Lada dzień na Archipelagu wybuchnie wojna. To pewne! Jak donoszą zwiadowcy, jednogłowe uknuły chytry plan. Z pomocą Frocyngi szykują się do ataku!

– A jednak! – Dawid nie potrafił powstrzymać się od okrzyku.

– Właśnie! – Maledivius zmrużył ślepia. – Ten przeklęty karzeł jest sprytniejszy, niż myśleliśmy. Od czasu zniknięcia czarnoksiężnika Tiro jest na usługach jednogłowych!

– Albo oni na jego – mruknął Dawid. – Tak czy inaczej, mamy ich na karku! Myślisz, że chcą napaść na Pont, na Kaduk?! Już raz połamali sobie zęby!

– Racja! To zbyt proste i ryzykowne! – z piersi Maledeviusa wyrwało się westchnienie. – Ich celem może być Drzewo Mocy. Dziś w nocy Strażnik Meredith przysłał niepokojące wieści. Ostatnio wokół drzewa dzieją się dziwne rzeczy. Trzęsie się ziemia, wybuchają pożary… nie wygląda to dobrze!

– Chcą spalić drzewo, Drzewo Mocy, to, z którego smoki czerpią magiczne siły? I mamy w to uwierzyć?! – Dawid chwiejnym krokiem ruszył do okna. Oparł się o szeroką wnękę i wpatrywał się w nadbrzeżne skały. – Słyszałem coś innego – powiedział to cicho, jakby tylko do siebie – podobno jest niezniszczalne! Póki nie tknie go Topór… Topór z Ans, nic mu nie mogą zrobić!

– Prawda – wysapał Maledivius – ale…

– Więc to pułapka – czarodziej potarł z namysłem czoło. – Chcą odwrócić naszą uwagę. Ich celem nie jest ani Drzewo Mocy, ani twierdza Kaduk. A skoro tak… – myślę jak smok – przemknęło mu przez głowę – musi chodzić o coś innego! To proste!

– Co proste!?

– To, że chodzi o Koronę Królów! – Dawid rzucił te słowa i się zdziwił. Skąd ta pewność?! Co mu ją podpowiedziało? Instynkt czarodzieja? Coś szeptało mu, że może chodzić właśnie o to, o Koronę Królów. Ten magiczny klejnot, jego legendarna moc od wieków kusiła przecież nie tylko jednogłowe. Kilkudziesięciu czarnoksiężników i błędnych rycerzy chęć zdobycia go przypłaciło nawet życiem.

– Oszalałeś? – Maledivius wybałuszył i tak ogromne ślepia. – Od lat nikt nie wie, gdzie go szukać! Na wyspie Pont nie ma piędzi ziemi, której nie przeorała pazurami drużyna fervaksa. Nie ma dziury, do której by nie zajrzano!

– A jeśli wiedzą więcej? Jeśli Frocynga dokonał przemiany, był tam i odnalazł skrytkę?! To czarnoksiężnik i z pewnością potrafi wiele!

– Był tam, gdzie ty? Na dworze Chryzomona? – smok zgrzytnął zębami, aż sypnęły się iskry.

– Nie da się tego wykluczyć! – Dawidowi żal się zrobiło przyjaciela. – To tylko hipoteza – powiedział, ostrożnie dobierając słowa. – Niestety, wielce prawdopodobna!

Maledivius przestąpił z nogi na nogę i dreszcz niczym fala przebiegł mu od karku do ogona. – Więc pozostaje tylko jedno... – spojrzenie smoka było niczym sieć, z której nie dało się uwolnić.

Dawid przełknął z trudem ślinę. Nie musiał używać myślomowy, aby odgadnąć, czego oczekuje Maledivius. Jeśli on, Dawid, dokona teraz przemiany... i wyruszy raz jeszcze... Nie, nie może tego zrobić. To nie wchodzi w rachubę. To zbyt niebezpieczne, ryzykowne! Przecież Altus i Flippa... czy może złamać ich zakaz, zlekceważyć ich ostrzeżenia? Istnieją granice magii, a ci, którzy je przekraczają, kończą zawsze tak samo! W *eksterio*, gdzieś pomiędzy światami magii i rzeczywistości, tam, skąd nie ma już powrotu!

Czy więc Maledivius może od niego tego żądać? Może władca tak, ale przyjaciel? Myśli jak szalone tłukły się w jego głowie. A jeśli od tego ma zależeć los Archipelagu, jeżeli Korona Królów rzeczywiście jest w stanie powstrzymać pożar mającej rozpalić się wojny... Niepokój, który dławił jego gardło, niespodziewanie zniknął.

– Mogę to zrobić – powiedział matowym, nieswoim głosem. – Spróbuję, lecz nie jestem pewien, czy się uda.

Maledivius nie odezwał się. Słowa nie były już potrzebne.

Następnego ranka Dawid wyruszył. Wpierw jednak pożegnał się z Flippą. Nie mógł odejść bez tego. Czarownica nie zasługiwała na takie traktowanie. Sporo jej zawdzięczał i była częścią świata, do którego teraz należał. Dzięki jej kunsztowi w ostatnich dniach błyskawicznie wrócił do zdrowia, choć ona sama uważała, że do pełni sił brakuje mu jeszcze wiele.

Ta szorstka troskliwość Flippy co jakiś czas kogoś mu przypominała. Kogoś bliskiego, lecz mimo że usilnie się starał, nie potrafił sobie przypomnieć, kogo.

Poza tym jego zniknięcie mogło wywołać wielkie zamieszanie. Być zaś poszukiwanym zarówno tu, jak i tam, gdzie zamierzał się udać, nie, to Dawidowi wcale się nie podobało. Na dodatek królewski zamek Kaduk, chociaż chroniły go smocze czary, nie wydawał się miejscem szczególnie bezpiecznym. Co prawda, jego mury spajała wyjątkowo mocna magia, ale czujność czarodzieja podpowiadała mu, że ostrożności nigdy nie jest dosyć. Zwłaszcza w chwili, gdy na włosku wisiała nowa smocza wojna.

Flippa usiłowała go zatrzymać: – To pewna śmierć! – burczała z kwaśną miną. Gdy jednak nic to nie dało, Dawid upierał się przy swoim, wymamrotała pod nosem zaklęcie i wręczyła mu miniaturowy bukłak.

– To tylko kilka kropel – powiedziała suchym, beznamiętnym głosem – wystarczy jednak, aby odzyskać fizyczne i magiczne siły. Nie zgub go i użyj, jeśli zajdzie taka potrzeba. I pamiętaj *tumoros* nie działa wiecznie!

Dawid podziękował jej wzrokiem. Szybko odwrócił się na pięcie, jakby obawiał się, że czarownica będzie nadal próbować odwieść go od niebezpiecznego zadania.

Pobiegł do wieży i przeskakując po kilka stopni wślizgnął się do swojej komnaty. W pomieszczeniu czekał na niego Zert.

– Mam cię odprowadzić, Panie! – gnom skłonił się, choć w jego zachowaniu nie było za grosz uniżoności. Gnom służył królewskim smokom, a obecnych w Kaduku czarodziejów i czarownicę traktował jak równych sobie. Wykonywał polecenia i nic ponadto.

– Odprowadzić? Dokąd? – Dawid rzucił mu zdziwione spojrzenie.

– Do lochów, Panie!

– Nie tym razem, Zert – czarodziej potrząsnął głową – i mam nadzieję, że to, co zamierzam, wciąż pozostaje tajemnicą.

Gnom kiwnął kosmatą głową i nie wiedząc, jak zareagować, zakręcił się w kółko. Z rozkazu Malediviusa miał odprowadzić czarodzieja do podziemi Kaduku, a tymczasem...

– W porządku, Zert, tym razem tam się nie wybieram. Bez obawy! I sam osobiście dam znać o tym władcy!

Ociągając się, wciąż jeszcze niepewny, gnom poczłapał do drzwi. Gdy się za nim zamknęły, Dawid sięgnął po sakwę i spakował swoje rzeczy. Było to kilka osobistych drobiazgów. Przez moment trzymał w dłoni magiczne srebrne lusterko, a kiedy pojawiła się w nim twarz Kiony, powiedział.

– Nie wiem, czy mnie widzisz. Ale ja... właśnie... muszę... jeszcze raz...

– Widzę i słyszę, i wiem, co zamierzasz – głos czarodziejki był dźwięczny, jakby nie dzieliły ich setki mil, jakby stała tuż obok.

– Ciekawe, od kogo? Myślałem, że Flippa... że potrafi trzymać język za zębami!

– To nie ona! – ucięła czarodziejka. – Strzeż się Baldwiny! Ma więcej jadu niż żmija!

– Baldwiny?! – Dawidowi pojaśniało w głowie. – A niech to! Jak mógł zapomnieć o tej starej wiedźmie. Po przybyciu na Pont wszelkimi sposobami starał się ją udobruchać, ale Baldwina, choć przyjmowała jego pochwały i prezenty – podarował jej naszyjnik z onyksów – złym okiem patrzyła na wszystko, co robi. Od momentu, gdy wyleczył otrutego smoka Horaksa, Baldwina czuła się zagrożona i na nic zdały się zapewnienia, że młody czarodziej nie zamierza zająć jej miejsca na królewskim dworze.

– Co masz na myśli? – zapytał.

– To, że knuje przeciw tobie. Altus i Flippa uważają, że to ona przestawiła klepsydrę. Gdyby nie to, z pewnością twoja przemiana nie trwałaby tak długo i obeszłoby się bez komplikacji. Jeszcze trochę, a na zawsze pozostałbyś w skórze smoka z tą... tą, jak jej tam, Niwą!

– Nilą! Ma na imię Nila! – Dawid uśmiechnął się. – Chyba nie jesteś zazdrosna?

– Jaaa? O smoczycę?! – policzki Kiony oblał ceglasty rumieniec. – Też coś! Lepiej uważaj, uważaj na siebie! – zmieniła szybko temat. – Arcymag twierdzi, że powinieneś dokonać jedynie teleportacji, wszystko inne byłoby zbyt niebezpieczne!

– Wiem! – pomyślał, lecz powiedział coś zupełnie innego. – Więc i on…? Altus wie o tym?

Kiona roześmiała się. – Czy sądzisz, że jakikolwiek akt magii na Archipelagu może ujść jego uwagi?

– Nieee! – burknął zły na siebie, że wyrwało mu się to głupie pytanie.

– Więc do zobaczenia! – Kiona rzuciła to tak lekko, jakby chodziło o spotkanie przy kolacji. I nim zdążył odpowiedzieć, srebrny wir wciągnął jej twarz w głąb zwierciadła.

Rozdział dziesiąty

FAŁSZYWY KROK

Ciemność przygniotła go niczym ciężar. Czuł, jak uginają się pod nim nogi, a ciało ogarnia nieznana drętwota. Co u licha? Czyżby... wolał nie dopuszczać do siebie myśli, że mógł pomylić czas i miejsce. Przed teleportacją użył przecież *descendo* – zaklęcia dokładnie określającego cel. Mimo to nie był pewien, czy znajduje się w Komnacie Narodzin. Tym razem za radą Altusa nie dokonał przemiany. Zjawił się tu we własnej postaci.

– Nila, Nila! – ściany ciemności powtórzyły jego szept, który niemal natychmiast zanikł. Wokoło znowu panowała martwa cisza. Nie pozostawało mu jednak nic innego, jak próbować dalej.

– Nila! Nila! – nie odważył się podnieść głosu i nadal tylko szeptał imię smoczycy. Na co liczył, na łut szczęścia, na przypadek? Równocześnie z wymawianiem imienia używał myślomowy. Było to ryzykowne, bo wszystkie smoki doskonale porozumiewają się tym sposobem i łatwo mógł się zdradzić, doprowadzić do spotkania z kimś innym. Była to ostatnia rzecz, jakiej w tej sytuacji by oczekiwał. Wiedział, że w smoczym mateczniku jest intruzem.

Ostrożnie stąpał wzdłuż skalnej ściany, pamiętając o Studniach Śmierci, przed którymi ostrzegał ich Mistrz Drogi. Jeden fałszywy krok mógł zakończyć tę szaloną wyprawę. Z trudem powstrzymywał się, aby nie skrzesać palcami maleńkiego świetlika. Odrzucał jednak tę pokusę. Lepiej, żeby nikt, nikt prócz Nili, nie wiedział o jego obecności. Mógł polegać tylko na niej.

Szedł jak ślepiec, wodząc dłonią po ścianie, aż natknął się na wyryty w skale znak. Rozpoznał strzałę. Jej grot celował w kierunku przeciwnym, niż się posuwał. Oznaczało to, że zmierza do wyjścia z podziemi. Pomyślał z wdzięcznością o Yononie, która uczyła ich, jak należy orientować się w lochach królewskiej góry.

– Nilllaaa – zniecierpliwiony i pełen obaw Dawid przeszedł na język *hul*. Przecież musi go usłyszeć! Jeżeli jest w Kaduku, w tych murach... i w tym czasie... – nim dokończył myśli, w ciemności rozległo się człapanie. Zbliżało się i zaraz z paszczy smoczycy buchnął płomień.

– To ty? – warknęła. – Melandron? To tyyy?

– Ja! – wykrztusił czarodziej. Wciśnięty w skalny załom, rzeczywiście był dla niej niewidoczny.

– Gdzie jesteś? – ognista struga ponownie rozcięła mrok.

– Tu! Przed tobą! – czarodziej wysunął się z cienia i stanął przed Nilą zaskoczony jej ogromem.

– Ależ ty... – jej zdziwienie nie było wcale mniejsze – ty przecież nie jesteś smokiem!

– I nigdy nim nie byłem. Zapomniałaś? To była jedynie przemiana! – W świetle buchających z jej nozdrzy płomieni Dawid przyglądał się Nili. Jeszcze niedawno była małą, wścibską smoczycą, niczym nieprzypominającą ogromnej góry mięśni, łusek i pazurów, która zagradzała mu drogę.

Nila również mierzyła go uważnym spojrzeniem.

– Więc tak wyglądasz! – powiedziała, kręcąc głowami. – Naprawdę tak?! To twoja prawdziwa postać?

– Najprawdziwsza – Dawid odetchnął z ulgą. W oczach Nili był ten sam, znany mu przekorny błysk. – Jestem czarodziejem, ale wciąż myślę jak smok, jak Melandron. Nie wiem, czy kiedykolwiek się tego pozbędę!

– Jesteś szalony! – na końcu nozdrzy smoczycy chwiał się rozjaśniający ciemność płomień. – Zjawiasz się tu po miesiącach... i jak gdyby nigdy nic...

– Po miesiącach? Minęło kilka tygodni! Zaledwie kilka... – zaprotestował Dawid.

– W twoim świecie! – Nila zniżyła środkową głowę. – Mój mały brat Melandron – a niech to! Jesteś szalony. Choć przyznaję, nie brak ci odwagi. Nie zmienia to faktu, że w każdej chwili grozi ci śmiertelne niebezpieczeństwo.

– Jakie?

– Jakie?! – Nila wydmuchnęła złocistą kulę ognia i używając magii, zamieniła ją w ruchomy obraz. Mrok i skalne ściany znikły, a przed oszołomionym Dawidem rozpostarła się scena gwałtownej bitwy. Trójgłowe smoki odpierały ataki kilkunastu zakutych w pancerze rycerzy. U ich boku, szarpiąc smocze grzbiety i ogony, uwijały się wilkołaki. Okrwawione wilcze pyski błyskały kłami, szerząc nie mniejsze spustoszenie niż rycerskie miecze. Bitwa była niema, bez smoczych ryków, szczęku oręża, lecz i tak wystarczająco okrutna.

– Co to jest? Chcesz mnie przerazić? – słowa z trudem przeciskały się czarodziejowi przez gardło.

Nila zdmuchnęła obraz i po chwili namysłu odpowiedziała: – Nie, pokazałam ci tylko przyczynę zagrożenia. Po tej bitwie w Kaduku wre. Wiele naszych strażników wciąż liże rany. Od tego czasu, z rozkazu Chryzomona, żadna ludzka stopa nie ma prawa stanąć pod murami twierdzy. Drago jest wściekły, a jego gniew poznali nie tylko napastnicy. Wszędzie widzi szpiegów i przebranych rycerzy. Wyłapano wszystkie psy!

– Psy?

– Bo przypominały wilkołaki – wyjaśniła smoczyca. – Nikt nie ma prawa wstępu do zamku. Nawet kupcy, dostawcy żywności muszą składać towary przy bramie zamkowej.

– Czy to się nigdy nie skończy!? – Dawid z trudem przełknął ślinę. Jeżeli kiedyś myślał, że krwawe wojny i bitwy toczą się tylko w jego epoce, teraz wyzbył się tego złudzenia. Zapytał jednak o coś innego. – A czarodzieje? Czy są na dworze Chryzomona jacyś magowie?

– Nie było ich wielu. Najwyżej jeden czy dwóch, lecz nawet oni musieli odejść. Mistrz Magii wstawiał się za garbusem, nic to jednak nie pomogło. Drago pozostał nieugięty!

– Powiedziałaś za garbusem? – pod stopami Dawida zatrzęsła się ziemia, takie odniósł wrażenie. – Miał jakieś imię?

Nila wzruszyła potężnymi barkami. – Nie za dużo żądasz, braciszku? Wystarczy, że był garbaty, brzydki, śliski jak ostryga. Nie wiem, co widział w nim Mistrz Magii!

– To on! – mruknął Dawid – Frocynga, czarownik w służbie jednogłowych.

– Znasz go?

– Walczyłem z nim. Dawniej służył księciu Hadarowi. Gdyby nie on, już wcześniej udałoby się odzyskać czarodziejski Talizman.

– Pokonałeś go? – Nila przysunęła się do Dawida. Najwyraźniej ją to zainteresowało.

– Nie! Choć niewiele brakowało! W Zatoce Koszmarów, gdzie z pomocą królewskich smoków czarna flota księcia poszła na dno, Frocyndze udało się ocalić skórę.

– Umknął?!

– W ostatniej chwili. Nim królewskie smoki spaliły okręty!

– Nie słyszałam o tym. Była taka bitwa? – Nila z uwagą chłonęła jego słowa.

– Była… to znaczy będzie! Dopiero będzie! Zdarzy się w przyszłości. W moich czasach!

– Ach tak! A Talizman? Wspomniałeś o nim...

– Jakiś czas był w posiadaniu Hadara. Jego moc jest ogromna, tak ogromna, że mogła i wciąż jeszcze może zniszczyć Archipelag.

– I co dalej?

– Na dworze księcia Hadara strażnikiem Talizmanu był czarownik Frocynga. Uwięził mnie i czarodziejkę Kionę. I gdyby nie ona, pewnie nigdy byśmy się nie spotkali! Ani wcześniej, ani później.

– Straszne! – ogon Nili ze świstem przeciął powietrze. – Ciekawe, czego tutaj szukał?

– Korony Królów! Ten klejnot należy do wielkiej triady. Topór z Ans, Talizman i Korona Królów to trzy najważniejsze symbole. Trzy źródła najstarszej magii. Ich posiadanie oznacza nieograniczoną władzę i moc. Na szczęście Topór i Talizman są bezpieczne pod opieką arcymaga Altusa. A Korona Królów… mam nadzieję, że nadal spoczywa tu, w skarbcu Chryzomona. Aby nie wpadła w łapy jednogłowych bestii, przed wybuchem trzeciej wojny smoków zostanie jednak ukryta. W moich czasach nikt nie wie, gdzie!

– Więc dlatego garbus kręcił się wokół skarbca, na krok nie odstępował Mistrza Magii. – Nila wypuściła z piersi długo wstrzymywany oddech. – Szukał tego, co ty! Zjawił się po to samo!

Między smokiem i czarodziejem na moment zapadło milczenie. Pierwszy przerwał je Dawid.

– Mam nadzieję, że tego nie znalazł, że nikt nie zdradził, gdzie ukryją klejnot?

– Nie! – stanowczo zaprzeczyła smoczyca. – Tego możesz być pewny! Korona wciąż jest w skarbcu, choć ostatni atak rycerzy musiał Chryzomonowi dać wiele do myślenia. Kazał podwoić straże. Niestety, niektórzy członkowie Rady Mistrzów zbagatelizowali to. Uznali, że powodem napadu był zwykły rabunek, chęć zdobycia skarbów. A ty… co o tym sądzisz?

– Mylą się! Skoro był tu Frocynga, bez wątpienia chodzi o Koronę Królów. Ten napad to jego dzieło. Poza tym garbus zna tajemnicę wyrobu złota, więc dlaczego miałby dobierać się do waszego skarbca? Szukał Korony! Bez niej jednogłowe smoki nigdy nie zdobędą przewagi nad Malediviusem.

– Ani Maledivius nad nimi!

– To prawda! – zgodził się czarodziej. – Przyszłość Kaduku zależy teraz od klejnotu!

– I co dalej? – Osłupieli. Pytanie, które padło, nie pochodziło od Nili. Skamieniały Dawid poznał ten głos. Był jak uderzenie pioruna.

– Yonona – powiedział, ledwo poruszając wargami. – Wszystko przepadło! Wszystko. Daremny wysiłek! Dlaczego Nila ani on nie wyczuli jej obecności? Jak to się stało?

– I co dalej, Melandronie, czy jak ci tam? – powtórzyła pytanie smoczyca Yonona. – Nie sądziłeś chyba, że magia smoków jest gorsza od twoich czarów? Gdy zniknąłeś, tylko Mistrz Drogi i stara Yonona domyślili się, co się stało i kim byłeś.

– Wiedziałaś? Domyśliłaś się? – rzucili jednocześnie Dawid i Nila.

– Oczywiście! Nim na to wpadliśmy, trochę to jednak trwało.

Kiedy indziej Dawid potraktowałby to jak komplement. Uznanie dla swoich magicznych umiejętności. Teraz najchętniej zapadłby się pod ziemię. W głowie miał pustkę. Ulotniły się z niej wszystkie zaklęcia, a nawet gdyby je pamiętał, z pewnością by ich nie użył. Po co? Nic by to nie dało. Był na łasce dawnej opiekunki.

– Wiedziałaś o tym? – wokół główNili pojawiła się niebieska poświata, znak wielkiego podniecenia. – Wiedziałaś, że nie był smokiem, nie był moim bratem, przecież wylągł się z jaja?!

– Och! – sapnęła Yonona – to wszystkich zwiodło. Na początku wszystkich. A potem nie należało już tego rozgłaszać. Książę krwi Melandron czarodziejem! Niektórzy i dziś nie daliby temu wiary. Mistrz Magii spłonąłby ze wstydu! Nie zmienia to jednak faktu, że zakradłeś się tutaj i musisz... stanąć przed Radą Mistrzów. Niech zdecydują, co z tobą będzie!

– Tylko nie to! – jęknął czarodziej. – To by oznaczało, że władca Maledivius nigdy nie otrzyma wsparcia, że prawnuk Chryzomona, potomek wielkiego Drago, poniesie klęskę przez królewskie smoki!

Komnatę Narodzin wypełniło jaskrawe światło.

– Masz nas za głupców – ryknęła Yonona.

– Przeciwnie! Tak jak ty służę królewskim smokom, tylko w innym czasie i za panowania innego władcy! – spokój, jaki opanował Dawida, udzielił się również Nili.

– To prawda – poświadczyła. – Jest posłańcem i pragnie tylko wiedzieć, gdzie ukryty zostanie klejnot.

– Czyżby? – w głosie Yonony zadrgała nuta rozbawienia. – Od kiedy to zamiast błękitnych smoków władcy używają na posyłki czarodziejów?

– Nie jestem posłańcem. Jesteśmy jednej krwi!

– Smok i czarodziej? Jednej krwi?! – zdumiona Yonona przysiadła na zadzie. – Od kiedy!? – zawarczała, nie kryjąc ironii. – Nie myślisz chyba o twoim oszustwie, o przemianie w smoka?!

– Nie! – odparował. – Od bitwy o Kaduk i uwolnienia Malediviusa z rąk Tiro! Czarnoksiężnika, który uwięził go zaklęciem. Jego brat Horaks wyswobodził się sam. Maledivius był jednak zbyt młody...

– Więc jesteś smokiem! – ucieszyła się Nila. – Choć postać o tym nie świadczy, jesteś smokiem. W dodatku jednej krwi z królem!

– Nie! – zaprzeczył Dawid – ocaliłem mu tylko życie, a on mnie! To wszystko. Potem zawarliśmy braterstwo!

Yonona zastanawiała się. Wyglądało na to, że stojący przed nią czarodziej nie kłamie. Nie wyczuwała w nim fałszu. Jeżeli przybył tu, żeby uratować Pont, Kaduk i swojego władcę... Smoczyca biła się z myślami. A jednak złamał prawo. Powinien stanąć przed Radą Mistrzów. Niech go osądzą! Mam nadzieję, że niezbyt surowo.

– Masz jakiś znak? Jeżeli prawdą jest to, co mówisz, powinieneś mieć znak – mruknęła już znacznie łagodniej.

Dawid skinął głową. Odrzucił na bok pelerynę i obnażył lewe ramię. Na ręce niczym odbita pieczęć płonęła czerwień smoczego zaklęcia: *Drago, drago.* Prawdziwe królewskie klejmo.

Rozdział jedenasty

RADA MISTRZÓW

Komnata, w której się ocknął, należała do niego. Tak, był tego pewien, kiedyś należała. Ten sam widok oceanu, monotonny szum fal, zapach skór wyściełających łoże... Dawid rozglądał się wkoło i miał nieodparte wrażenie, że zaraz z wąskiego przejścia, z sąsiedniej komnaty wyłoni się Nila. Nic takiego jednak się nie stało. Cóż... wędrówki w czasie mają to do siebie, że nawet najwytrawniejsi czarodzieje niekiedy tracą poczucie rzeczywistości.

Jak się tu znalazł? Nie miał pojęcia! Nie wyglądało też na to, żeby traktowano go jak więźnia, ale czy był wolny? Z zamyślenia wyrwał go głos Yonony. Jego dawna opiekunka użyła myślomowy, lecz czy sprawił to brak wprawy, czy myślomowa smoków i czarodziejów czymś się różniła, bo jej słowa rwały się, cichły i trudno było je zrozumieć.

– Zejdź na dół, jeżeli jesteś... go...to...wy! Go... towy!

– Gotowy?! Na co? – Dawid ostrożnie ruszył ku wyjściu. Trzymając się ścian, podreptał śliskim korytarzem. Przypomniał sobie, jak łatwo pokonywali go z Nilą. No tak, ale wtedy miał cztery łapy i ogon!

U podnóża skały czekała na niego Yonona i Mistrz Drogi. Nili nie było w pobliżu, co go rozczarowało. W jej towarzystwie czuł się pewniej.

Dwa olbrzymie smoki przyglądały mu się z ciekawością.

– Oooo – wysapał Mistrz Drogi – więc to jest ten... ten... – wciągał ze świstem powietrze i z trudem szukał odpowiedniego słowa. Dawidowi wydawał się starszy, niż go zapamiętał. Jego skóra była wyblakła, pomarszczona i gdzieniegdzie odstawały z niej łuski. Z obwisłych warg ciągnęły się strużki śliny.

– Podobno przybyłeś tu nie dla zabawy?! Więc gadaj, byle do rzeczy! Według kodeksu mamy prawo cię zgładzić!

– Chyba że... – wtrąciła Yonona.

– Że co? – przerwał zgryźliwie zaśliniony staruch. Z głębi jego brzucha raz po raz dolatywały dziwne odgłosy. Dawid mógłby przysiąc, że smok połknął żywego barana, który żali się i usiłuje uwolnić.

– Że poda powody, co go tu sprowadza! Oczywiście prawdziwe! Takie, które przekonają nie tylko nas, ale i Chryzomona.

– Już mówiłem. – Czarodziej starał się nie oddychać. Cap w smoczych trzewiach najwyraźniej pomylił drogę, becząc, zamiast do paszczy kierował się w stronę ogona.

– Z rozkazu Malediviusa mam odszukać miejsce ukrycia Korony Królów. To wszystko. Ten klejnot i jego właściwości...

– To wiemy! – przerwał szorstko Mistrz Drogi. – Nie wiemy jednak, po co Malediviusowi moc korony i czy na pewno jemu?

– Aby pokonać jednogłowe, żeby na Archipelagu zapanował pokój! – w głosie Dawida pojawiło się zniecierpliwienie. Ile razy ma to powtarzać?! Czy tak trudno zrozumieć, że w przyszłości, w jego czasach wybuchnie, a może już wybuchła, wojna i poleje się nie tylko smocza krew? Jeżeli mu nie wierzą, gotów jest zeznawać przed Radą Mistrzów. Byle prędko! Jak najprędzej!

– To nie będzie konieczne! – Zdenerwowany Dawid zapomniał o *solferino*. Nie użył zaklęcia blokującego myślomowę. Smok czytał więc w jego myślach jak w otwartej księdze.

– Jak na wisielca jest zbyt pewny siebie. Nieprawdaż, Yonono?

– Na wisielca? Jak to? – lodowaty pierścień zdławił gardło Dawida.

– Żeby cię powiesić, nie potrzeba Rady! – leniwie wyjaśnił Mistrz. Przymknął oczy, jakby szykował się do drzemki. – Jeśli wyjawimy ci miejsca skrytek, skąd pewność, że nie zdradzisz? Ostrożności nigdy za wiele! Ostatnio aż roi się tu od rabusiów i szpiegów!

– Ma znak! – odpowiedziała za Dawida Yonona. Widać było, że stara się mu pomóc. Czy robiła to ze względu na pamięć tego, że kiedyś był smokiem? Czy miała jakieś inne powody? Nie wiadomo!

– To tylko znak! – zrzędził Mistrz Drogi. – Jest czarodziejem i jeżeli potrafił przybrać postać smoka, to nie sądzę, aby sprawiało mu trudność wywołanie znaku.

Yonona gwałtownie potrząsnęła głowami: – To nie tylko znak, Mistrzu. To królewskie klejmo! Od czasu Złotego Smoka umiejętność tworzenia go i nadawania mają wyłącznie władcy. Nie znam czarodzieja, który potrafiłby wykazać się taką sztuką.

W duszy Dawida wzbierała gorycz. Nie dość, że błyskawicznie go zdemaskowano, odkryto obecność, to jeszcze nikt też nie dawał wiary jego słowom i zapewnieniom. I co teraz?

– Dobre pytanie – smok bezceremonialnie buszował w jego myślach – narobiłeś niezłego bigosu. Niemniej... niemniej jednak... – potężne ziewnięcie omal nie zwaliło z nóg Dawida – wszyscy jesteśmy sługami królestwa! Za dzień, dwa Chryzomon wyrusza na Hver i Mu.

– Na Mu? Wyspę Mu?

Smok machnął łapą, aby mu nie przerywano. – To niewielki orszak, kilku mistrzów, strażników i gnomów...

Dawid nie wytrzymał, w jego sercu błysnęła iskierka nadziei: – Myślicie, że mógłbym...

– Milcz! – syknęła ostrzegawczo Yonona. – Milcz i słuchaj!

Mistrz skinął jej głowami. – Mają sprawdzić stan zamków i wymienić załogi. Jak każda wyprawa, niestety i ta należy do niebezpiecznych. Przelot nad oceanem Tempus i terytorium jednogłowych stanowi spore ryzyko, rzadko kiedy obywa się bez utarczek. Ranne smoki i gnomy wymagają opieki, a więc...

Na twarzy Dawida niespodziewanie zagościł uśmiech. – Znam czar zdrowia! – wykrzyknął. – Jeśli więc o to chodzi... mogę się przydać! Na wypadek, gdyby... gdyby zdarzyło się nieszczęście!

Tym razem nikt go nie uciszył.

– Może tak, może nie! – zamruczał po namyśle Mistrz Drogi. – W każdym razie bądź gotów!

– Bądź gotów! – powtórzyła niczym echo Yonona.

Zabrzmiało to jak obietnica, a nawet coś więcej. Potrzebowali go! Mimo magicznych zdolności smoki nie potrafiły leczyć się same, w cięższych przypadkach zawsze wzywano czarodziejów. Z rozkazu Chryzomona przepędzono ich jednak i... to była jego szansa. Dawid odetchnął, rozluźnił zaciśniętą pięść. Na dłoni leżał maleńki bukłaczek – eliksir Flippy. Nie pamiętał, aby wyjmował go z sakwy. W tej chwili nie miało to zresztą znaczenia. Nie musiał używać *tumoros* przywracającego magiczne siły. Poradził sobie inaczej. Teraz wszystko zależało od Chryzomona. Jeżeli Mistrz Drogi i Yonona przekonają władcę, jutro, najdalej pojutrze wyruszy jako królewski medyk na Hver i Mu. Czy zamki na tych wyspach mogą skrywać tajemnicę Korony Królów? Czy ta wyprawa coś wyjaśni? Te pytania dręczyły go przez cały dzień. Na razie nie znajdował na nie odpowiedzi.

Wyruszyli prędzej niż się spodziewał. Nila obudziła go i zażądała, żeby natychmiast zjawił się na lądowisku. Chciał się dowiedzieć, po co? Ale radosny ryk smoczycy uprzedził jego zamiar.

– Lecimy!

– Dzisiaj? Przecież Mistrz Drogi... sam słyszałem... to miało być jutro! Dopiero jutro!

– Zbieraj się! – głos Nili huczał w jego głowie. Nie tylko zresztą on. Inne smoki również korzystały z myślomowy. Ich nawoływania i ponaglenia mieszały się, tworząc nieopisany gwar i chaos.

– Pospiesz się! – głos Nili nie pozostawiał mu wyboru. – Nie marudź! Za chwilę ruszamy!

Gdy zdyszany dobiegł na lądowisko, kilka smoków było już w powietrzu. Ocierając się o chmury, zataczały koła, jakby na coś czekały. Mistrz Drogi, Yonona i Nila stały na wzgórzu z uniesionymi skrzydłami. Północny wiatr kołysał nimi, napinając je jak żagle. Na widok Dawida Nila przyklęknęła.

– Nareszcie! Co się tak guzdrzesz?!

Czarodziej zignorował tę złośliwość: – Mam lecieć z tobą?

– A z kim? – sobie tylko znanym sposobem smoczyca położyła ostre kolce, umożliwiając mu wdrapanie się na jej grzbiet.

– Myślałem, że z Yononą?!

– Akurat! Nie widzisz? Ma już na karku pół tuzina gnomów.

– A Mistrz Drogi?

– Jest za stary!

– Nie leci?

– Nie! No, trzymaj się i nie wierć! Startujemy!

Nila machnęła parokrotnie skrzydłami, lekko wzbijając się w powietrze. Zaraz potem Yonona uczyniła to samo. Pęd powietrza chłodził rozpalone czoło Dawida. Był podniecony, wypełniała go radość. Radość lotu, podróży, czegoś tajemniczego! Choć nie raz latał z Malediviusem i innymi smokami, ilekroć dosiadał tych wspaniałych magicznych zwierząt, odczuwał dreszcz emocji.

Z tej wysokości twierdza Kaduk wyglądała jak porzucona na brzegu morza zabawka. Jej wieże nie były większe niż palec. Górzysty krajobraz wyspy Pont, poprzecinany wąwozami i rzekami, wolno przesuwał się pod smoczymi skrzydłami.

Gdy dołączyli do krążącego stada, Nila poszybowała na początek szyku. Yonona pozostała gdzieś w tyle.

– Zamierzasz prowadzić? – zdumiony Dawid pochylił się do jej ucha.

– Coś ty! Prowadzi Chryzomon! Miejsce władcy jest na czele orszaku, ale smoki królewskie nie latają w ogonie. Zapomniałeś?! Jestem księżniczką krwi!

– Jasne! I masz na grzbiecie księcia Melandrona! – zakpił Dawid.

Ciałem Nili gwałtownie zatrząsł śmiech. Jej ogon śmignął jak bicz i trącił ramię chłopca.

– Nie wygłupiaj się! – wrzasnął, tracąc równowagę. – O mało nie spadłem!
Smoczyca wyrównała lot. Teraz czekali już tylko na Chryzomona.

Rozdział dwunasty

NUR

Pierwszym celem był Hver. Przy sprzyjającej pogodzie królewskie smoki majestatycznie żeglowały nad oceanem. Nic nie zakłócało im lotu. W południe, kiedy słońce wisiało nad nimi jak złocisty topór, Drago zarządził postój na maleńkiej, ledwo wystającej z morza wysepce.

– Nie wiedziałem, że istnieje! – Dawid ześlizgnął się po pancerzu Nili i dotknął stopami ziemi. Ziemi? Miał wrażenie, że to coś, co brał za piaszczystą, miejscami kamienistą glebę, jest elastyczne i żywe!

– Bo istnieje i nie istnieje – mruknęła filozoficznie Nila. Nazywają ją Nur. Przywołana wynurza się, a potem znika w oceanie.

– Magiczna wyspa?

– Magiczna, ale nie wyspa. To zwierzę! Meganuria. Jest najstarszym i największym stworzeniem w oceanie. Meganurie są dalekimi krewnymi smoków. Pochodzą z czasów, gdy świat składał się jedynie z ognia i wody.

– Mieliście wspólnych przodków?

– Na to wygląda! Hej! Ale wracaj, nie oddalaj się! Dawid, który postąpił kilka kroków w stronę omywanego przez fale brzegu, zamarł. – Co znowu?

– To niebezpieczne – powiedziała Nila. Wokół Meganurii kręci się mnóstwo kleist! Żerują na jej ogromnym ciele, ale nie gardzą też innymi stworzeniami. Są bardzo drapieżne i niewidoczne!

– Co takiego? – Dawid odskoczył do tyłu. – Masz na myśli przywry? Więc to prawda, one istnieją?

– Zawsze istniały! Co w tym dziwnego? Równie groźne są w wodzie, jak i na lądzie. W głosie Nili pobrzmiewał ten sam rodzaj wyższości, który często złościł go też u Kiony.

– Nic! To znaczy później... słyszałem o nich! Mniej więcej dwieście lat później jednogłowe smoki użyją ich przeciwko czarodziejom. W bitwie o zamek Hoh. Dopiero arcymag Earn pokona je i uwięzi w podziemiach, w tym, co z tej fortecy ocalało!

– To przecież na wyspie Mu, tam gdzie lecimy. Twierdzisz, że zamek Hoh nie istnieje?

– W moich czasach już nie! Pozostały tylko ruiny.

– Niesamowite! – Dawid podążył za spojrzeniem Nili. Jakiś morski ptak, który brodził po przybrzeżnej płyciźnie, poderwał się z krzykiem. Uniósł się w górę i po rozpaczliwej szamotaninie coś niewidzialnego wciągnęło go pod wodę.

– To kleista! – Nila ruszyła ku brzegowi. – Mają respekt tylko przed smokami. – Wydmuchnęła strumień ognia, aż zasyczały fale i uniosła się para. – Przez jakiś czas będzie tu spokój!

Z tyłu, za nimi rozległ się łopot skrzydeł. Chryzomon i kilka innych smoków podnosiło się już w powietrze.

– Wskakuj! – Nila zerknęła w niebo. Ułożyła się na boku i ledwo Dawid znalazł się na jej grzbiecie, jak pocisk wystrzeliła w górę.

– Nie wariuj! – przestraszony czarodziej trzasnął ją piętami w boki. Smoczyca nie zareagowała. Nawet na moment nie zwolniła lotu! – Co jest? Goni nas kto?

– A żebyś wiedział! – Nila zajęła miejsce w kluczu smoków, które pędziły teraz jak szalone! Wznosiły się wyżej, coraz wyżej. Strugi wiatru tamowały oddech i wyciskały Dawidowi łzy. – To terytorium jednogłowych smoków!

– I co z tego? – czarodziej z trudem przekrzykiwał szum wiatru.

– Nic. Dopóki lecimy szybko i wysoko, nic nam nie mogą zrobić! Ale trzeba się mieć na baczności!

– Nie do wiary! Uciekacie przed jednogłowymi?! Królewskie smoki zwiewają przed...?

– To nie wojenna wyprawa – sapnęła gniewnie Nila – wolałbyś mieć je na karku? Bez obawy, jeszcze zdążysz... patrz! Popatrz w dół! Mamy już towarzystwo!

Poniżej chmur sunęło stado czarnych jednogłowych smoków. Dawid przyglądał się im z rozszerzonymi oczami. Nawet z tej odległości można było rozpoznać na ich czołach potężne rogi i ostre niczym brzytwy grzebienie.

– To urodzeni zabójcy! – Nila przechyliła się na lewe skrzydło, aby mógł lepiej przyjrzeć się złowrogiej czarnej gromadzie.

– Widzą nas?

– Oczywiście. Tyle że, jak mówiłam, nie są w stanie nam zagrozić! Nie potrafią wznieść się tak wysoko. Będą jednak czyhać na okazję. Doskonale wiedzą, że niebawem zmuszeni będziemy obniżyć lot.

– Po co?! Skoro tu jest bezpiecznie.

– Nic nie rozumiesz! – Nila odwróciła środkową głowę, podczas gdy dwie pozostałe z uwagą śledziły to, co dzieje się przed nimi i poniżej ich. – Już niebawem wlecimy w strefę wirujących powietrznych prądów. Gdybyśmy w nich pozostali, wyniosłyby nas na krańce nieznanego świata. Wiedzą o tym wszystkie smoki. Nie pozostaje więc nic innego jak...

– Rozprawić się z jednogłowymi! – Dawid pożałował, że nie ma ze sobą czarodziejskiej laski. Zaklęcie *vis bellum* mogło się teraz okazać bardzo pomocne!

– Tak ci do tego spieszno?

– Wcale nie, choć w moich czasach już z nimi walczyliśmy! I to skutecznie!

– Akurat! – parsknęła zjadliwie Nila. – Na dworze Chryzomona było kilku czarodziejów. Nie przypominam sobie, żeby któryś chociaż raz próbował stawić im czoła. Są uodpornione na magię!

– Ale mag Earn je powstrzymał. Przez jego sieć nie przedarł się żaden jednogłowy! Poza tym nasza magia nie stoi w miejscu, czarodzieje poszukują wciąż nowych zaklęć. Od tego czasu wiele się zmieniło.

Smoczyca pozostawiła to bez komentarza. W tej chwili jej uwagę przyciągało coś innego. Królewski orszak, choć wydawałoby się to niemożliwe, przyspieszył jeszcze bardziej. Z zawrotną szybkością mknął wprost na gęste pasmo chmur. Połyskliwe, srebrzyste obłoki rosły w oczach i sprawiały wrażenie piętrzącego się skalnego masywu.

– Czy to...? – Dawid wczepił palce w kark smoczycy – ...czy to na pewno chmury!?

– Jasssne – syknęła – uważaj!

W ostatniej chwili, kiedy wydawało się, że rąbną w kłębiącą się na ich drodze przeszkodę, Chryzomon ostro zanurkował. Nila i pozostałe smoki jak po sznurku powtórzyły ten sam manewr.

Gwiżdżące dotąd powietrze zawyło w uszach Dawida. Przez szparki powiek widział, jak potężne skrzydła władcy niemal szorują o chmury. Jak rozbłyskują i sypią się z nich błękitne iskry. Czuł też, że coś ciągnie go ku górze.

– Co jest? – wrzasnął, obserwując maleńkie płomyki na łuskach Nili. – To boli! Szczypie mnie! Moje ręce, włosy...

– Spokojnie! To tylko energia! – smoczyca zdawała się nie przywiązywać do tego żadnej wagi. – Te chmury to skupisko energii. Kiedy tędy przelatujemy... zawsze... – wiatr porywał jej słowa – ...eee tam. Wierz mi... można się przyzwyczaić!

– Przelatujecie? Tędy?

– Jasne! Lepsze to niż walka z tym wściekłym smoczym pomiotem. Uspokój się, to zaraz minie.

I rzeczywiście, z każdym machnięciem skrzydeł iskierki bladły, aż w końcu znikły zupełnie.

– Co to było? Magnetyczna burza?! – Dawid potarł nos, który wciąż go szczypał i swędział. – Nie! I lepiej, żebyśmy nie spotkali jej na naszej drodze. To jeszcze gorsze niż wirujące kręgi. Smoki, które wpadają w burzę, nigdy już nie wracają. Znikają bez śladu!

– Jak to? – zdumiał się Dawid. – Rozpływają się w powietrzu?

– Nie wiem!

W głosie Nili czuło się znużenie. Jej oddech był świszczący i nawet przez pancerz dało się słyszeć głośny łomot serca. Wyczerpane smoki szybowały teraz wolniej, wyraźnie odpoczywając.

Na znak Chryzomona stado przegrupowało się i obniżyło lot. Niewidoczni dotąd strażnicy natychmiast zajęli pozycje z przodu i z boków królewskiego orszaku.

Jednogłowe, czerwono ubarwione smoki ustępowały wielkością trójgłowym. Były jednak bardziej zwinne i szybsze. Dawid nie odrywał od nich wzroku.

– To fervaksy! – sapnęła Nila. – Są wierne, niezastąpione i nikt, nikt na całym Archipelagu nie dorównuje im dzielnością. Pamiętasz, widzieliśmy je na Górze Lotów.

– Wiem! – Dawid pochylił się do ucha smoczycy. – W moich czasach też służą królewskim. Nie barwi się im jednak skóry ani łusek.

– Nie? – zdziwiła się Nila. – Więc jak je oznaczacie? Są przecież podobne do jednogłowych i z daleka trudno je odróżnić. Taka pomyłka może sporo kosztować!

– Bez obawy! Mają na skrzydłach królewskie runy! Po zwycięskiej bitwie o Kaduk władca Maledivius nadał im królewskie oznaczenia.

Z końca orszaku doleciał ich długi, przypominający syrenę ryk. Na ten dźwięk dreszcz wstrząsnął ciałem Nili. Zarzuciła do tyłu środkową głowę i przez chwilę bacznie się rozglądała. Inne smoki uczyniły to samo. Wyciągały szyje, wytrzeszczały ślepia, usiłując coś wypatrzyć.

– Co to było? – Dawidowi również udzieliło się napięcie. Instynkt czarodzieja podpowiadał mu, że zbliża się niebezpieczeństwo.

– To sygnał! Fervaksy wykryły w pobliżu jakieś jednogłowe. Nie wróży to nic dobrego! Możesz być potrzebny!

– Super – mruknął Dawid – wpadliśmy z deszczu pod rynnę! – Był coraz bardziej wściekły i bezradny. Ledwo zdołali zgubić jedno stado, natychmiast pojawiło się inne. Raz jeszcze pożałował, że nie ma przy sobie pierścienia albo laski. Do czaru zdrowia nie były mu potrzebne, wystarczyły zaklęcia i gesty! Co innego jednak, gdy zaatakują jednogłowe!

Jakby na potwierdzenie tego ponownie rozległo się trąbienie. Nila wrzasnęła do Dawida, żeby się trzymał, i gwałtownie wykręciła w powietrzu ósemkę. W mgnieniu oka królewska kolumna rozproszyła się. Na szczęście to, co z początku wyglądało na panikę i chaos, okazało się doskonale wyćwiczonym manewrem. Królewskie smoki uformowały w powietrzu obronny pierścień, w którego środku spokojnie unosił się Drago.

– Latająca forteca! – Dawid nie potrafił powstrzymać się od okrzyku.

– A co myślałeś?! To stara, wypróbowana taktyka! Dopóki jednogłowe nie rozerwą pierścienia, nikomu nic nie zagraża. To jednak nigdy się nie zdarzyło – w głosie Nili brzmiała nieskrywana duma. – Zobacz!

Na komendę Drago z kilkudziesięciu smoczych paszcz dmuchnęły strumienie ognia i dymu.

Ognisty wieniec, z którego raz za razem niczym włócznie wystrzeliwały płomienie, był przeszkodą nie do pokonania. Wszystko, co znalazłoby się w jego zasięgu, zamieniłoby się w popiół.

Rozdział trzynasty

KRÓLOBÓJCY

A jednak ku zaskoczeniu Dawida jednogłowe zaatakowały. Na nic się zdały dymy i płomienisty pierścień. Uderzyły z dołu, tam gdzie wcale się ich nie spodziewano. Uderzyły we władcę. Dwa szare cienie zawisły u skrzydeł Chryzomona. Wczepiły się kłami i pazurami, jakby miały zamiar rozerwać go na strzępy. Oszołomiony smok ryknął dziko. Usiłując strzepnąć napastników, złożył skrzydła i niczym pocisk runął w dół.

Zaprawiony w bitwach Drago nie raz i nie dwa wychodził z podobnych opresji. Znał zajadłość przeciwników. Nie lekceważył ich, ba, miał nawet sporo szacunku dla ich odwagi i dzielności.

Mknął więc ku połyskującej tafli oceanu z nadzieją, że wściekły pęd powietrza oderwie od niego napastników. Jednogłowe bestie nie miały jednak zamiaru wypuścić swej zdobyczy. Czy gotowe były zginąć, roztrzaskać się o morskie fale? Bez wątpienia upadek z takiej wysokości zmiażdżyłby ich ciała. Żaden smoczy pancerz nie wytrzymałby takiego uderzenia.

W ułamku sekundy Chryzomon zrozumiał, że to nie przypadek. Przeszyła go myśl, że zaatakowano właśnie jego, władcę królewskich smoków. Co prawda już dawniej ostrzegano go przed królobójcami, ale zadufany Drago takie doniesienia puszczał mimo uszu. Wiedział też, że w walkach smoczych rodów, w spiskach przeciwko panującym nierzadko sięgano po groźnych zabójców. Cóż... skoro nie udaje się pokonać armii – trzeba pozbawić ją wodza. Sam hołdował tej zasadzie. Teraz miał się o tym przekonać na własnej skórze.

Choć usiłował zachować zimną krew, o jego losie nie rozstrzygnął rozum ani doświadczenie, lecz instynkt. Nim o tym pomyślał, w ostatniej chwili jego potężne skrzydła wystrzeliły na boki. Gwałtowny opór powietrza prawie mu je wyrwał, lecz tym samym złagodził upadek. Mimo to giętkie, sprężynujące skrzydła z wczepionymi w nie jednogłowymi z całą mocą trzasnęły o fale. Drago poczuł ból, rozbryzgując wodę, zapadł się w głębinę, która w chwilę później wypchnęła go na powierzchnię.

Parskając, wydmuchując z nozdrzy morską sól, Chryzomon ślepił wkoło przekrwionym spojrzeniem. Przez szum w uszach docierały do niego nawoływania i okrzyki trwogi. Królewski orszak pospiesznie wodował na pobojowisku. Część smoków dla bezpieczeństwa błyskawicznie otoczyła władcę. W powietrzu, jako osłona, pozostały jedynie fervaksy. Krążyły nerwowo, wznosiły się i opadały, jakby obawiając się, że ponowny atak nastąpi nie tylko z powietrza, ale i z wody.

– To królobójcy! – Yonona i jeden ze strażników podpłynęli do kołyszących się na fali martwych napastników. Z ich rozwartych paszczy sączyła się posoka, która barwiła wodę na purpurowo.

– Mają pierścienie! – strażnik odwrócił jedno, potem drugie poszarpane cielsko i wskazywał metalowe, spinające ich karki obroże. – To kasta zabójców. Szkoła z Rok! Sądząc po runach, nie przysłano tu nowicjuszy! Dlatego odważyły się zaatakować samego władcę!

– Kasta zabójców? – Dawid o mało nie znalazł się w wodzie. Widział już wiele nieżywych bestii. Żadne nie budziły w nim jednak takiej grozy. Wpatrywał się w zamglone ślepia, zastanawiając się, czy ktoś poza Drago zdołałby oprzeć się tym straszliwym kłom i rogom.

– Nie wierć się – syknęła Nila – nie słyszałeś o królobójcach? O zamachowcach?!

– Nigdy!

– To najgroźniejsze, specjalnie szkolone smoki! Ktoś, kto je wysłał, miał nadzieję, że spełnią swoje zadanie! I szczerze mówiąc, niewiele brakowało!

– Miały zabić króla, zabić Drago?

– Na to wygląda! – Yonona prześlizgnęła się wzrokiem po okolicy. – Dwa wyszkolone smoki atakują królewski orszak, dacie wiarę!? I to miałby być zwykły napad? Wykluczone!

– Było ich więcej – mruknął w zamyśleniu Dawid – w chwili ataku był jeszcze jeden. Trzymał się na uboczu i… i wcale nie przypominał tamtych. Był większy i… trójgłowy!

– Co masz na myśli? – zasyczała Yonona. – Zdradę!? Spisek?! Czy wiesz… czy wiesz, co to oznacza? Jeśli w orszaku jest zdrajca, renegat to… to…

– To niemożliwe! – przerwała jej Nila. – Przywidziało mu się! Zresztą, gdzie by się podział? To tylko jednogłowe!

– Mógł się ukryć w chmurach – upierał się przy swoim czarodziej. – Albo użyć iluzji, stać się niewidzialnym!

– Akurat! – Nila zerknęła na puste, granatowiejące niebo. Oprócz czerwonołuskich fervaksów nie było nad nimi nikogo.

– Wszystko jedno – pomyślał Dawid – powinniśmy się stąd wynosić. I widać nie tylko jemu przyszło to do głowy, bo w kręgu smoków ochraniających Drago zapanowało poruszenie. Chryzomon uniósł w górę i rozprostował skrzydła. Ich końce ociekały krwią, a sterczące, obdarte z łusek kikuty świadczyły, że ocalenie okupione było poważnymi ranami i bólem.

– Masz okazję się wykazać! – Yonona zajrzała Dawidowi w oczy. – Gdy dolecimy na Hver, zajmiesz się królem! Mam nadzieję, że to, co mówią o twoich zdolnościach, choć w połowie jest prawdą!

Otaczające władcę smoki poderwały się do lotu. Chryzomon również wzbił się w powietrze, ciężko pracując zranionymi skrzydłami.

– Na co czekacie?! – ponagliła ich Yonona. – Przed nami kawał drogi!

– A Mistrz Walki? – Dawid ze zdumieniem przyglądał się krążącemu nad martwymi napastnikami smokowi. Z jego nozdrzy raz po raz buchały płomienie, które spopielały ciała zabójców. Swąd spalenizny mieszał się z obłokami pary z morza.

– Kończy to, co powinno mieć swój koniec – wyjaśniła Yonona. – Po śmierci smoki zrodzone z ognia muszą spłonąć, nawet gdy są wrogami. To obowiązek. Inaczej pozostaną nie-istotami!

– Czym?

– Nie-isto-tami! – wyskandowała Nila. – To coś w rodzaju waszych duchów. W tym stanie mogą towarzyszyć, a nawet wyrządzać szkody jeszcze przez wiele wieków. Nie marudź już! Lecimy!

Na Hver dotarli przed zmierzchem, gdy o urwisty brzeg opierały się jeszcze resztki słońca. Podczas gdy smoki jeden po drugim siadały na skrawku wolnej od głazów plaży, Dawid przypominał sobie swój pierwszy pobyt na wyspie. Jego spojrzenie na próżno szukało drewnianego portu, wiodących ku górze ścieżek i przyczepionego do skały Domu Czarodziejek.

– Byłeś tu? – Nila miękko dotknęła łapami ziemi.

– Jasne... to znaczy będę! – Dawid wciąż miał kłopot z czasem. – Będę, w przyszłości, mniej więcej za dwieście, może trzysta lat. Tam, na górze – wskazał dłonią skalny nawis – w domu Onii i Iki.

– Są czarodziejkami?

– Owszem, i moimi przyjaciółkami. Potrafią też...

Nila nie doczekała się końca odpowiedzi. Wzbijając fontanny wody, Yonona wylądowała na przybrzeżnej płyciźnie. Otrzepała skrzydła i dała znak Dawidowi.

– Pospiesz się! Nie mamy zbyt wiele czasu. Tu także nie jest bezpiecznie!

Dawid kiwnął głową i grzęznąc w piasku, poczłapał za nią w stronę smoczego kręgu.

Otoczony strażnikami Chryzomon leżał u podnóża skały. Jego oddech był ciężki i nierówny. Z postrzępionych skrzydeł zwisały krwawe sople. Rany i lot wyczerpały go tak bardzo, że ogromne oczy uciekały mu w głąb czaszki.

– Śmiało! – Yonona pchnęła Dawida. – Zrób coś! Opatrz go! A jeśli potrafisz więcej, uczyń to!

Czarodziej ostrożnie zbliżył się do Drago i zażądał światła. Z kilkunastu paszcz buchnęły jasne płomienie. Rany Chryzomona nie wyglądały zbyt dobrze. Smokobójcy wiedzieli, jak i gdzie zaatakować. Tułów i smocze szyje chroniły grube łuski. Ale błoniaste skrzydła, choć także pokryte drobną łuską, nie mogły oprzeć się kłom bestii ani mieczom łowców polujących na smoki.

– *O, mon ra!* – Dawid z uwagą badał smoka – tylko *o, mon ra* – mruczał do siebie. Żałował, że nie ma przy sobie maleńkiego kołowrotka, daru Joanesa Krrola, dzięki któremu mógłby błyskawicznie uprząść czar zdrowia.

Nili zdawało się, że czarodziej nic nie robi, że tylko stoi przed cierpiącym Chryzomonem i bezsilnie wpatruje się w jego postać.

– No już! Zaczynaj! – popędzała go w myślomowie.

– Uspokój się! – odrzekł – On już nie cierpi! Przyjrzyj się! Usypia!

– Jak to?

– Zwyczajnie! To mu oszczędzi bólu. I każ wszystkim... lepiej niech się odsuną! I niech nikt nie próbuje używać czarów. Magia smoków nie może mieszać się z magią czarodziejów.

Na znak Yonony tłoczące się wokół władcy smoki odstąpiły na długość ogona. Jedynie Mistrz Walki nadal tkwił przy boku Drago. Trzy pary ślepiów nieomal przewiercały szczupłą postać czarodzieja. Spojrzenie smoka ostrzegało – jeśli władca umrze – zginiesz! Podzielisz jego los!

Dawid milczał. Jego umysł i wolę bez reszty zaprzątał teraz czar zdrowia. Splótł mocno dłonie, tak że jedynie kciuki mogły kręcić młynki. Ich ruch był coraz szybszy. Im prędzej wirowały palce, tym szybciej padały z ust słowa zaklęcia. *O, mon ra... o, mon ra... o, mon ra...*

Złożone skrzydła Chryzomona zadrgały. Pazurzaste łapy wyprężyły się, wyprostowały, a przez tułów przebiegły skurcze. Szeroko rozwarte nozdrza łapczywie wciągały powietrze.

– *O, mon ra... o, mon ra...* – rytm zaklęcia zawładnął wszystkimi. Smoki przestępowały z nogi na nogę, kołysały głowami. Nila miała wrażenie, że Drago zerwie się z miejsca. Nic takiego jednak nie nastąpiło. Wpatrzone w Chryzomona smoki spostrzegły tylko, że końce jego skrzydeł spowija delikatna, błękitna mgiełka. Z chwili na chwilę gęstniała, coraz bardziej przypominając skórę. Gdy wypełniła poszarpaną część skrzydeł, wyczarowana skóra zmieniła kolor na zielonkawy, taki, jaki barwił całą postać władcy.

– Zrobiłeś to! – Głos Yonony docierał do Dawida z daleka. Nie widział, jak długo prządł czar zdrowia. Kręciło mu się w głowie i prawie zemdlał. Był tak wyczerpany, tak zmęczony, jak nigdy dotąd.

– Udało się!

– Udało! – zgodził się z Nilą. Sięgnął do kieszeni po bukłak Flippy. Odkorkował go i wypił kilka kropel. Poczuł na języku obrzydliwą gorycz, lecz natychmiast pojaśniało mu w głowie. *Tumoros* – eliksir czarownicy działał błyskawicznie.

W chwilę później część smoczego orszaku podniosła się w powietrze. Mistrz Walki, Yonona i fervaksy pozostały jeszcze przy zbierającym siły Chryzomonie, ale i oni niebawem ruszyli dalej.

Rozdział czternasty

JASKINIA GRYFA

Po krótkim locie dostrzegli Górę Smoków. Na jej szczycie niczym drapieżny ptak przysiadł warowny zamek.

– To Ans! – bardziej stwierdził, niż spytał czarodziej.

– Ans! Ans! – wysapała Nila. – Nareszcie! Na dzisiaj wystarczy! Po twierdzy Kaduk to najważniejsze siedlisko królewskich smoków. Raz do roku Drago przybywa tu, by zmienić strażników. Ale czemu ci to mówię? Byłeś tu!

– I tak, i nie!

Dawid pamiętał to miejsce, lecz gdy przybył tu po magiczny Topór, zamek leżał już w gruzach. Teraz mógł podziwiać jego ogrom, celujące w niebo wieże i łopoczącą olbrzymią chorągiew. Trzy smocze głowy falowały na wietrze, groźnie szczerząc kły.

Nie one jednak sprawiły, że serce skoczyło mu do gardła. W samym środku smoczej chorągwi lśniła haftowana złotem Korona Królów.

– Czy to znak… czy to możliwe?
– Co niby? – Nila spokojnie okrążyła czerwoną wieżę i szykowała się do lądowania.
– Korona Królów! Widziałaś…?
– Nie podniecaj się! – parsknęła. – Myślisz, że ukryto by ją w tym miejscu? Właśnie tu i wywieszono chorągiew? To przecież herb. Królewski znak. Zawsze tak jest, gdy pojawia się Drago! To tylko powitanie! Honory dla króla!
– No tak! – burknął rozczarowany. Nie miał jednak czasu się zastanawiać, bo potężny podmuch prawie zmiótł go ze smoczycy. Chryzomon i eskorta fervaksów przemknęły obok niczym burza. Skrzydła władcy, choć tu i ówdzie miały inny kolor, były całe i sprawne.

Przepuściwszy królewską świtę, Nila zgrabnie wylądowała na górnym dziedzińcu. Smoki niższej rangi przysiadły za murami warowni.

Dawid zeskoczył na brukowany podwórzec. Ale nim zdążył się rozejrzeć, spod ziemi wyrosły dwa gnomy. Starszy z nich ostrożnie, z wyraźną obawą, dotknął ramienia czarodzieja i bez słowa wskazał kierunek.

– O co chodzi? – zainteresowała się Nila. – Zabieracie go? Dokąd?

Młodszy z gnomów rozciągnął wargi w grymasie:
– Do Komnaty Gryfów! – Jego słowa brzmiały niczym czkawka. Widać było, że język smoków sprawia mu trudność. Gnomy przyjmowane do służby na królewskim dworze w pierwszej kolejności uczono

mowy *hul*. Miało to zapewnić szybkie i dokładne wykonywanie rozkazów. Postępy w opanowaniu mowy, jak zawsze, zależały od pracowitości i pojętności ucznia.

– Mam iść? Z nimi? – zapytał niepewnie Dawid. – Dokąd?

– Słyszałeś! – prychnęła Nila. – Do Komnaty Gryfów. Idź, idź! Nic ci nie grozi. Komnata Gryfów to tutejszy skarbiec!

Dawid wytrzeszczył oczy.

– Jazda! – ogon smoczycy musnął jego plecy – pewno chcą cię wynagrodzić. To gnomy Drago. Ten starszy to Sul, a młodszego... młodszego wołają chyba... Mel. A może na odwrót.

Nila miała rację. Przed Komnatą Gryfów nie było wprawdzie Drago, za to Mistrz Walki obwieścił mu królewską wolę. W zamian za czar zdrowia skarbiec zamku Ans stał przed Dawidem otworem.

Z duszą na ramieniu, jako że dwa, tylko z pozoru ospałe, gryfy obrzucały go niechętnym spojrzeniem, czarodziej przestąpił próg legendarnego skarbca.

Komnata Gryfów miała wysokie, spojone z kamiennych ciosów sklepienie. Jej mury, równie potężne, dawały pewność, że nic nie zdoła ich skruszyć. Było to złudzenie. W przyszłości... Nie, czarodziej wolał o tym nie myśleć. Odpędził obraz zniszczeń i zagłady. W tej chwili zamek Ans wciąż pozostawał dumną królewską twierdzą, a jego skarbiec oszałamiał nieprzebranym bogactwem. Ściany komnaty zdobiła kosztowna broń. Zdobyczne miecze, pancerze i szyszaki wysadzane były szlachetnymi kamieniami, inkrustowane złotem i srebrem. Każda tarcza, włócznia czy sztylet były też jak opowieść o śmierci, dzielności lub zdradzie.

Dawid miał wrażenie, że czuje zapach krwi, słyszy jęki rycerzy i ginących od ich mieczy smoków.

Mistrz Walki w milczeniu prowadził go w głąb długiej, ciągnącej się jak tunel, komnaty. W kamiennych niszach od niepamiętnych czasów piętrzyły się beczki, kufry i skrzynie. Spod uchylonych wiek, szparami butwiejących desek wysypywały się z nich złote monety, drogocenne kamienie, sznury pereł, naszyjniki, diademy księżniczek, ba, nawet złociste pantofelki.

Dawid przypomniał sobie zapiski znalezione w bibliotece Malediviusa. Nie było w nich krzty przesady. Bogactwom zgromadzonym w podziemiach zamku Ans mogły dorównywać jedynie skarby Kaduku.

Krocząc za Mistrzem Walki, czarodziej nie dziwił się rabusiom. Blask takich bogactw kusił i rozpalał żądzę posiadania. Kimkolwiek byli: rycerzami, łowcami smoków czy łasymi na skarby jednogłowymi, zapewne żadnemu z nich nie udało się postawić tu stopy. A jeśli nawet postawiłby, nikt nie uszedłby stąd żywy. Podziemi zamku strzegły czujne gryfy i prastara magia. Ale i one, parę wieków później, musiały ulec innej, jeszcze większej mocy.

Dawid schylił się po trącony nogą przedmiot. Był to krzywy, wąski sztylet z pięknie zdobioną rękojeścią. Mordercza broń, której klinga błyszczała, jakby zrobiono i wypolerowano ją ledwo wczoraj. Ostrożnie wziął sztylet do ręki. Instynkt podpowiadał mu, że ostrze maleńkiej, przypominającej zabawkę broni może być zatrute.

Po chwili położył sztylet na skrzyni i dostrzegł coś, co przyciągnęło jego uwagę. Wśród rozrzuconych na posadzce złotych naczyń leżała również srebrzyście połyskująca tuba. Metalowy rulon z dwóch stron zamykały miniaturowe paszcze gryfów.

Dawid zerknął na smoka. Do tej pory nic, co przez stulecia gromadzono w podziemnej komnacie, tak naprawdę nie wzbudziło w nim ciekawości. Choć dzięki szczodrości Chryzomona mógł czerpać ze skarbca pełnymi garściami, zupełnie go to nie interesowało. Diamenty, rubiny, topazy, jeśli nie posiadały magicznej mocy, były dla niego jedynie zwykłymi kamieniami. Pogardzał złotem, z którego jak dotąd nikt nie wykuł miecza, topora czy noża. Arcymag Altus, Kiona, Flippa, cały Dom Magów cenił inne wartości.

Wymówił zaklęcie i zapalił palcami świetlik. Tajemniczy przedmiot nie był bronią ani narzędziem. Dawid ważył go w dłoni zdziwiony jego lekkością. Starł rękawem kurz i usiłował odczytać wpółzatarty napis.

– Ge...lona...

– Zwój Gelona! – Niespodziewanie z pomocą przyszedł mu Mistrz Walki. – To zwój Gelona! Jeśli zna się zaklęcie, wystarczy przekręcić głowy gryfów i wydobyć go ze środka.

– Zwój Gelona? Ten zwój?! – Dawid wpatrywał się w metalowy rulon, jakby chciał przeniknąć go wzrokiem. Czyż nie o nim wspominał kiedyś Altus? Mag Gelon, jasnowidz i mędrzec, miał spisać najważniejsze przeszłe i przyszłe wydarzenia, jakie dotyczą Archipelagu i innych światów. Tę wiedzę uznano jednak za zbyt groźną i kilka wieków temu w tajemniczych okolicznościach zwój zniknął. Zapadł się pod ziemię.

Czarodziej uśmiechnął się. – Zapadł się pod ziemię. To porównanie okazało się wskazówką. Szkoda, że nikt na to wcześniej nie wpadł.

– Ukryto go w podziemiach Ans? Dlaczego?

– Z obawy przed jego zawartością. Władcy wysp poczuli się zagrożeni. Gdyby wpadł w niepowołane ręce… chyba rozumiesz? Te przepowiednie mogłyby posłużyć złu! A na świecie wcale go nie brakuje!

– Albo dobru!

– Niewykluczone! – Mistrz Walki podrapał się po ogonie. – Nikt tego jednak nie sprawdził. Nikt tego nie wie.

– Nikt? Nawet ty? Ktoś musi znać zaklęcie, hasło albo się go domyśla?!

– Spróbuj! – smok błysnął ślepiami. – Zwój czeka na kogoś, kto go otworzy! Mag Gelon był przewidujący. Podobno zostawił wskazówkę, że odczytać go może jedynie ten, o kim wspomina przepowiednia.

Dawid wzruszył ramionami. – A skąd mamy wiedzieć, co mówi przepowiednia? To nonsens!

– Przeciwnie! Na tym właśnie polega zagadka i zabezpieczenie Gelona – smok skrzywił się, jakby połknął kosz cytryn. – Nie ufał nikomu, zwłaszcza władcom!

– Przecież go ukryli, sam powiedziałeś!

Mistrz Walki wyszczerzył pożółkłe zęby: – Co nie znaczy, że każdy z nich nie pragnął poznać tajemnicy i zachować jej dla siebie. To dałoby im władzę, jakiej nikt dotąd jeszcze nie posiadał. Groziło wojnami, przelewem krwi. Dlatego mag Gelon zamknął zwój pieczęcią. Ponieważ nie potrafiono jej złamać, przepowiednie powierzono gryfom. To wszystko!

– I nikomu się nie udało?

– Nie! Choć wielu próbowało i łamało sobie głowę. Od czasu Gelona zwój pozostał nietknięty. Teraz jest twój! I sztylet także!

– Jak to?

– Zwyczajnie! W Komnacie Gryfów to, czego dotknąłeś, należy do ciebie!

– A jeśli nie chcę!? – Dawid odniósł wrażenie, że lekki do tej pory zwój zaczął mu ciążyć.

– Nic z tego! To nie ty wybrałeś przedmioty, lecz one wybrały ciebie! Nie masz wyboru, czarodzieju!

Rozdział piętnasty

ZWÓJ GELONA

Zamiast Korony Królów tajemniczy zwój? – Leżący na stole przedmiot odbijał błękit tnących niebo błyskawic. Zła pogoda, gwałtowne burze przetaczające się nad Oceanem Tempus uwięziły na wyspie Hver królewski orszak. W tej sytuacji smoki postanowiły przeczekać szalejące nawałnice, nie ryzykować dalszej podróży.

Chryzomon wymienił zamkową załogę, a nie mając nic do roboty, porzucił dworską etykietę, by ucztować w głównej sali z Mistrzem Walki, dowódcą fervaksów i Karagulcem, najstarszym smokiem zluzowanej straży. Usługujące im gnomy krążyły z misami potraw i dzbanami livu, ulubionego kwaśnego napoju władcy.

Yonona i Nila, najwyraźniej niezbyt skłonne do zabawy, zaszyły się gdzieś w podziemiach fortecy i odpoczywały po trudach wyprawy.

Dawidowi przydzielono mieszczącą się w wieży niewielką komnatę. Dzielił ją z dwiema sowami i jednookim szczurem. Pomieszczenie to, jeszcze niedawno, musiało służyć alchemikowi albo czarownicy, bo w jego kątach piętrzyły się bryłki metalu i górskie kamienie. Nad wystygłym paleniskiem w przeciągu kolebał się wiszący na trójnogu pusty kociołek. Ze ścian i sklepienia zwisały brody wysuszonych, z każdym podmuchem wiatru szeleszczących ziół.

Otulając się peleryną, czarodziej kulił się na brzegu legowiska i wlepiał oczy w metalową tubę. Sowy i szczur z wyraźnym zainteresowaniem również łypały w tę stronę.

– Ciekawe, jak się do niego dobrać! Może wiecie? Co? – Dawid zerknął na szczura. Nie był pewien, czy współlokatorzy są stworami magicznymi, czy tylko zwyczajnymi zwierzakami. Na wszelki wypadek wolał więc zachować uprzejmą ostrożność.

Szczur odwrócił głowę, mrugnął do Dawida. Drobiąc w miejscu łapkami, sprężył się, dał susa i wylądował na stole. Bez lęku zbliżył się do zwoju, po czym starannie obwąchał zamykające tubę paszcze obu gryfów.

– Tyle to i ja wiem – mruknął rozczarowany Dawid. – Tylko jak go otworzyć? – Podniósł się z legowiska i stanął przy stole. – Zaklęcie! – powiedział do szczura. – Potrzebne mi zaklęcie! Bez tego, chyba rozumiecie... to poza moimi możliwościami. A jeśli zwój się nie otworzy... nici ze wszystkiego! Wrócę z pustymi rękami!

Siedzące nad kominem sowy pokręciły znacząco głowami. Można by przysiąc, że zaprzeczyły.

Dawid uśmiechnął się do własnych myśli. Zamek Ans, jego mury otaczały smocze czary. Tu w komnacie również czuło się energię. Jego własna moc... nie... pozbawiony laski i pierścienia nie mógł się z tym wszystkim mierzyć.

Opuścił bezradnie głowę, gdy potężna, jaśniejsza od innych błyskawica na strzępy rozdarła niebo. W jej blasku nie wiadomo czemu przyszedł mu na myśl *tumoros*. Wydobył z kieszeni bukłaczek i z nadzieją przytknął go do warg. Niewiele w nim pozostało, ledwie kilka kropel. Ale i to wystarczyło.

Dawid wytrzeszczył oczy. Leżący na stole rulon pojaśniał, a na jego końcach pojawiło się kilkanaście znaków.

– To runy! – wykrzyknął. – Skąd się wzięły? – Oglądał przecież zwój dokładnie i był pewien, że nie przeoczył na nim nawet jednej, najmniejszej rysy.

– Zawsze tam były! – zachichotały sowy. Rozpostarły skrzydła, jakby miały zamiar pofrunąć.

– Jasne! – potwierdził szczur i potarł łapką zdrowe oko – nawet ja to widzę!

Była w tym wyraźna kpina, ale Dawida interesowały teraz wyłącznie runy. – Były? Zawsze? – Z niedowierzaniem przesunął palcami po znakach, wyczuwając mikroskopijne zgrubienia.

Jedna z sów poderwała się i przysiadła na krawędzi stołu. – Nie powinno cię to dziwić – zahuczała. Jej mowa była podobna do tej, jaką posługują się wszystkie stworzenia magiczne, tyle tylko, że bardziej gardłowa. – Jesteś czarodziejem. To zaklęcie głębi. Mag Gelon wiedział, co robi. Gdyby było inaczej, każdy mógłby odczytać przepowiednie. Jeśli je znasz...

– Niby skąd? – burknął. – I niestety nic mi nie przychodzi do głowy.

Sowa zachichotała, ale jej wielkie oczy pozostały poważne. Nie spuszczała wzroku z Dawida, jakby miała zamiar coś powiedzieć. Coś, czego nie potrafiła albo czego jej zabroniono.

– Transmutacja! Nie jesteście gadającymi zwierzakami. – Dawida olśniło. – To przecież przemiana! Więc to dlatego... dlatego do tej pory nikomu nie udało się otworzyć i odczytać przepowiedni. Zwój zawiera jeszcze jedną ukrytą pułapkę. Ktokolwiek usiłował go odczytać, ryzykował trwałą przemianę bez możliwości powrotu do własnej postaci.

– Jesteście czarodziejkami?

Jak za pociągnięciem sznurka sowy zgodnie kiwnęły głowami.

– On też? Jest magiem, czarodziejem? – Dawid wskazał ich jednookiego towarzysza. – I wszyscy próbowaliście otworzyć zwój?!

– Nie wiem! – mruknął szczur. – Niech każdy gada za siebie! Ale ostrzegam, wystarczy jeden fałszywy ruch i po tobie! I jakby tego było mało, za zaklęciem głębi jest jeszcze klątwa!

– Niesamowite! – Dawid otarł pot z czoła. – Czy można, czy da się ją ominąć?

Szczur stanął na tylnych łapkach i powiedział: – Jeśli nam pomożesz, my pomożemy tobie! Jest pewien sposób. Jak wiesz, żaden czar nie trwa wiecznie. Z klątwami jest podobnie. Zdjąć je można jednak tylko z zewnątrz, nigdy od środka.

– Mam to zrobić? Sugerujesz, że to możliwe? Jak?

– Odczytaj runy. To dość łatwe. Następnie ułóż słowa pionowo, tak by początkowe litery utworzyły imię maga.

– I co dalej?

– Skąd mam wiedzieć?! – szczur potrząsnął łebkiem. – Dotarłem do tego miejsca, a potem... potem ocknąłem się w tej skórze!

– I wybito ci oko?

– Nie. To inna historia. Wynik eksperymentu. Byłem alchemikiem.

– Czy to znaczy, że... że ta pracownia... chcesz powiedzieć, że jesteśmy u ciebie?

– Możliwe! Po klątwie niewiele zostaje w pamięci. Zaledwie parę ostatnich zdarzeń.

– A one?

Sowa na kominie napuszyła się i zadreptała w miejscu. – Daj spokój. Jeśli chcesz nam pomóc, weź się do roboty! Szybko!

Pionowa zmarszczka przecięła czoło Dawida. – Jeżeli mam wam pomóc i odczytać zwój, powinienem wiedzieć więcej. Znacznie więcej! Znać wasze imiona, tylko dzięki temu można przywrócić kogoś do pierwotnej postaci.

– Na to nie licz! – pisnął szczur. – Nawet gdybym je pamiętał, nie mógłbym go wyjawić. To sprawa klątwy! Lepiej się rozejrzyj. Rusz głową. Odpowiedź musi być blisko. Czuję to! – jego ruchliwy czarny nos wciągał głęboko powietrze.

Dawid podszedł do komina. Niewielu znał alchemików. Jeżeli podobnie jak czarodzieje dla wzmocnienia magii używali własnych imion, mógł pozostać gdzieś ślad. Nie szukał recept ani zapisków, te były zazdrośnie strzeżone i aby nie wpadły w ręce innych czarodziejów, najczęściej je palono albo pisano znikającym atramentem.

Przestawił kilka małych naczyń, zajrzał do wiszącego kociołka. W jednym z tygli znalazł połyskliwy, błyszczący jak lustro metal. Był za twardy na ołów, zbyt miękki na srebro. – To onurion! Znasz tajemnicę onurionu?

– Na to wygląda! – szczur podbiegł do tygla, zerknął do środka. Przez moment wpatrywał się w metal, wreszcie zrezygnował. – Nie pamiętam – wyszeptał zmartwiony – widzę tylko odbicie. Własne odbicie! Wąsy i pokiereszowaną gębę! Czy to się nigdy nie skończy?

– Spokojnie! – Dawidowi zrobiło się żal jednookiego. Bądź co bądź też był czarodziejem. A skoro tak… musiał znać magiczne kunszty, zaklęcia, a mimo to… Patrzył na szczura, zastanawiając się, dlaczego tak wiele ryzykował i dlaczego przegrał.

Nie tak dawno… gdyby nie Kiona, Dawid zapłaciłby podobną cenę. Nie on pierwszy zresztą i nie ostatni. Niestety magia zna wiele pułapek i nawet najwięksi magowie nie zdołali ich uniknąć.

Jeśli była to jednak pracownia szczura, to znaczy alchemika, jeżeli znał onurion, musiał nie tylko znać, lecz również posiadać kamień filozoficzny. Bez tego nie udałoby się wytopić ze skał onurionu. Metalu, który przekuty w pierścienie i amulety, chronił skuteczniej niż wszystkie czary obronne. To o niego zabiegali rycerze, umieszczając go w tarczach i rękojeściach mieczy. A w czasach Chryzomona... albo wcześniej? Kto u diabła zajmował się tym parę wieków temu? Kiona... no tak, kto jak kto, ale ona z pewnością by to wiedziała. Gdyby mogła, siedziałaby w bibliotece od rana do wieczora.

Wzrok Dawida prześlizgnął się po cynowym dzbanie. Był pogięty, pełen wklęśnięć, lecz wciąż jeszcze widać było na nim snycerską robotę. Zdobiący niegdyś naczynie wzór liści układał się w fantazyjną literę A.

Dawid szybko obrócił dzban i przyjrzał się drugiej stronie. Wyryte w metalu liście miały kształt litery S.

– Azmus Soter! Azmus Soter! – przez chwilę poruszał wargami jak wyjęta z wody ryba. – Jesteś mag Azmus... – powtórzył drżącym głosem.

Szczur skoczył w powietrze. Zawisł w nim jak trafiony strzałą i nagle jego sylwetka zawirowała. W komnacie powstał lej, przetaczał się od ściany do ściany, rozmiótł stojące przy kominie naczynia, wreszcie ustał, pozostawiając na ziemi zgarbioną postać.

Wystraszone sowy jeszcze bardziej wytrzeszczyły oczy, poprawiły dziobami pióra i zachichotały.

– Jest nagi! Azmus jest nagi! Huuu…huuu...

Zdumiony Dawid, bez pośpiechu, zdjął z ramion pelerynę i narzucił ją na ramiona czarodzieja.

Rozdział szesnasty

PRZEPOWIEDNIA

Bez dwóch zdań – Azmus Soter był nie tylko alchemikiem, ale i czarodziejem. I to nie byle jakim! Jeśli Dawid miał jakieś podejrzenia, czy to naprawdę on, trzy złożone w zaklęcie obronne palce rozproszyły je w mgnieniu oka. Tylko prawdziwi magowie znają siłę tych gestów. Azmus Soter, zanim z trudem podźwignął się z kolan, powrót do własnej postaci zaczął właśnie od tego. Potem przy pomocy Dawida na sztywnych nogach zrobił kilka kroków i z ulgą opadł na drewniany zydel.

Siedział teraz za stołem, pociągając z kubka gorący liv. Widać było, że nie nawykł do takiego napoju, bo krzywił się niemiłosiernie i z posępną miną wpatrywał w wybawcę. Był starszy od Dawida, nie na tyle jednak, by uznać go za starca. Jego pobrużdżona, pocięta zmarszczkami twarz i martwe oko świadczyły, jak wiele musiał przeżyć.

Dawid pozwolił mu odpocząć, zebrać myśli, a potem podniósł wzrok na skulone nad kominem sowy.

– Co z nimi?

Soter nie odpowiedział. Wlepiał oczy w Dawida, jakby nie rozumiejąc albo nie słysząc pytania.

– Co z sowami? – podniósł głos czarodziej.

Soter bezradnie wzruszył ramionami. – Nie wiem – wyszeptał – jakieś klątwy albo zaklęcia musiały dopaść je wcześniej. Były tu, nim się zjawiłem, i nikt nie wie, jak długo...

– Znasz ich imiona?

– Niestety, nie!

– Więc nic nie wiesz?! – w głosie Dawida pojawiło się rozczarowanie.

Soter podrzucił głowę. Mimo zmęczenia, jakie towarzyszy każdej przemianie, w jego oku błysnęło coś na kształt przekory.

– Wiem… wiedziałem, jak otworzyć zwój – wydyszał. – Tylko to! Reszty nie pamiętam!

– Jak to? I mówisz to teraz… dopiero teraz!?

– Cierpliwości! – Azmus Soter wyprostował swoją chudą postać. – Wiem, co ci zawdzięczam. Ale zaufaj mi! Pozwól mi odpocząć, a gdy wróci cała pamięć, z pewnością znajdzie się na to rada. Byłem tak blisko…

– Zbyt blisko! – mruknął z ironią Dawid. Nie miał zamiaru czekać i marnować czasu. – Jeśli chciałeś go otworzyć, musiał być jakiś powód? Służysz smokom?

Alchemik umilkł. Po chwili jednak z wysiłkiem, jakby dźwigał ciężar, wysapał: – Z początku tak. A potem...

– Co potem?

– Zjawił się karzeł... bawił smoki sztuczkami, znał się na metalach...

– Karzeł, garbaty karzeł!? – Dawid odniósł wrażenie, że w jego żyłach jest lód. – Miał jakieś imię? – zapytał z pozoru obojętnym tonem.

Soter kiwnął głową. – Z pewnością, ale go nie zdradził. Znał sekret onurionu. A gdy go wyjawił, zażądał, abym mu odczytał przepowiednie Gelona.

– I zgodziłeś się?! – Dawid wpił palce w ramię alchemika. – Chciałeś to uczynić!? Za onurion sprzedać największą z tajemnic?!

– Dobiliśmy targu! Zrozum! – Wargi Sotera skrzywił nagły grymas. – Co miałem czynić?! Smoki pragnęły coraz więcej złota. A od onurionu do tego kruszcu bardzo prosta droga. Wystarczy szczypta kamienia i attyckiej soli. Gdyby nie klątwa Gelona, skarbiec byłby pełen!

– Nie wątpię! Lecz karzeł... ten karzeł to Frocynga, przeklęty, przebiegły czarownik! Szuka klejnotu korony... i jeśli go znajdzie, Archipelagowi grozi wojna i zagłada. Służy złu i jednogłowym smokom, ale nawet one nie są przy nim bezpieczne!

– Zagłada?! – wyjęczał Soter. – Wspominał tylko o zapiskach! Chciał w nich znaleźć coś, co ukryto lub będzie ukryte! I miał nadzieję znaleźć to w tym zwoju!

Niespodziewanie Dawid głośno się roześmiał. Pogłaskał palcami paszcze gryfów. – Więc miał go w swych łapach! – wycedził przez zęby. – Masz rację, alchemiku, byliście już blisko! O krok od nieszczęścia! Ale do rzeczy! Użyliście zaklęcia *drago*, lecz nic się nie stało!

– Nic – przytaknął alchemik – choć karzeł szalał i wciąż ponawiał zaklęcie, zwój nawet nie drgnął.

– I co dalej...?

– Był tak rozwścieczony, że cisnął nim we mnie!

Azmus Soter umilkł i zwiesił głowę. Z jedynego oka spłynęła mu łza. Dopiero teraz dotarło do niego, do czego przyłożyć miał rękę.

– To nie klątwa, lecz karzeł Frocynga zamienił cię w szczura – słowa Dawida uderzyły jak topór. Alchemik skulił się w sobie, aż mu dech zaparło. – Jak to? – zdołał wyszeptać. – A przecież... a sowy?

Dawid rozłożył ręce. – Sam mówiłeś, że są tu od dawna. Kto wie, co się zdarzyło i z jakiego powodu? Gdyby było inaczej, więcej byś pamiętał. Klątwa Gelona to jedynie pieczęć, to ochrona zwoju. Jest jak zamek bez klucza, więc kto go odnajdzie...

– Znalazłeś go? – przez twarz Sotera przemknął cień nadziei.

Dawid potrząsnął głową. – Nie ja, Azmusie, to ty go znalazłeś! Zaklęcie *drago* to połowa czaru. Drugą stanowi to królewskie klejmo. – Jednym ruchem obnażył ramię. Spójrz! Jeżeli wypowiesz zaklęcie, zwój się teraz otworzy. Zaczynaj, alchemiku, ty pierwszy! To ci się należy!

Soter zerwał się z miejsca. W jego ruchach było coś zwierzęcego, coś, co pozostało z niedawnej przemiany.

– Mam użyć zaklęcia?

– Wypowiedz je! – ponaglił Dawid. – Nic obawiaj się! Nic ci już nie grozi!

Soter poczerwieniał, chwilę się wahał, walczył z lękiem, wreszcie wymamrotał zaklęcie.

– *Drago, drago* – powtórzył za nim Dawid. Z wlepionymi w zwój oczami nawet nie zauważył, jak klejmo na jego ramieniu rozbłysło rubinowym blaskiem.

– Otwiera się! – ryknął alchemik. Jego krzyk spłoszył sowy, które zatoczyły w powietrzu koło i na powrót przysiadły na belce.

Zwój drgnął. Uniósł się w powietrze, a z paszczy gryfów buchnęły czerwone płomienie. Gdy ustały, tuba z rozsuniętymi na boki połówkami wolno opadła na stół.

– Udało się! – drżąc na całym ciele, Dawid sięgnął po szary, ciasno zwinięty rulon. Wydobył go z metalowej, chroniącej przez wieki skorupy i ostrożnie rozwinął na blacie. Musiał zmrużyć oczy, bo litery przepowiedni Gelona skrzyły się purpurą. Ten blask przypomniał mu Bractwo Szkarłatnych Liter, najwyższą magię, najznamienitszych znanych czarodziejów! Szkoda, że tego nie widzą! Pomyślał też z szacunkiem o Gelonie. Taki mag z pewnością mógłby należeć do bractwa.

– Azmusie! Spójrz! – obejrzał się, szukając wzrokiem alchemika. Ale go nie znalazł. Porzucona na zydlu leżała tylko peleryna. Był sam w komnacie. Wraz z alchemikiem znikły również sowy. Czy minął ich czas? Czy należeli do innej epoki? Zdziwiło go to, ale zbyt długo był czarodziejem, aby nie wiedzieć, że w świecie magii dzieją się rzeczy dziwne i zaskakujące. Poza tym jego uwagą zawładnął już zwój. Pochylał się nad nim i z wypiekami na twarzy wędrował wzrokiem po pełnych grozy, śmiertelnie niebezpiecznych rządkach liter.

Gdy czarne smoki przetną niebo, gdy zasłonią gwiazdę Mer, nad Oceanem Tempus i Archipelagiem zapanuje ciemność. Będzie gęsta, cuchnąca i lepka niczym smoła.

Wicher z gór przyniesie pieśń trwogi. Zamrą serca ludzi, magów i smoków. W ten czas, kiedy zadrży ziemia i skłębią się wody, powstanie z leża Wielki Sork. Nikt go nie ujrzy, lecz usłyszą wszyscy. Jego cielsko opasa najpierw wyspę Rok. A gdy zamkną się sploty, zmiażdży ją w uścisku. Nie ujdzie nikt tej zagładzie.

Dawid uniósł wzrok znad tekstu. Potoczył nieprzytomnym spojrzeniem po komnacie. Od północy ślęczał nad przepowiednią. – To niemożliwe

– pomyślał – nie ma takich bestii. Jeśli Gelon chciał kogoś wystraszyć, bez trudu to osiągnął. Lecz po cóż straszyć, skoro zwój ukryto? Jeżeli nie jest brednią wariata lub sztuczką oszusta, czemu to spisano?

Potarł powieki i gryząc wargi, czytał dalej.

> Gdy czarne smoki sprzymierzą się z czarnoksiężnikami, królewskie smoki staną nad przepaścią. Zło weźmie górę nad innymi ziemiami. Po wyspie Rok, gdy zniknie już w odmętach, Wielki Sork wyprawi się na Hver i Mu. I jeśli czarodzieje w porę nie zadbają o obronę, prastarej bestii nikt już nie powstrzyma. Nawet siedziba arcymagów ulegnie zagładzie.
>
> Moc Wielkiego Sorka rośnie ze zła i wojen. Niech strzegą się jej ci, co pragną ją obudzić.

Przerażony Dawid nie czytał już dalej. Czarne smoki? Co u licha Gelon miał na myśli? Chyba jednogłowe, ich grzbiety pokrywała czarna, lśniąca łuska… Zwinął pergamin i zatrzasnął tubę. Jedyne, co mu przychodziło do głowy, to powrót. Wiedza, którą posiadł, była straszna. Musiał się nią podzielić z arcymagiem, tylko jemu mógł zaufać i powierzyć ten sekret!

Rozdział siedemnasty

SIDŁA

O świcie Dawid obudził Nilę. Znalazł ją w długiej komnacie, pochrapującą u boku Yonony. Dorosłe smoki uwielbiają spanie. Spanie i lenistwo. Gdyby nie głód, mogłyby przespać całe życie. Pod tym względem ani Nili, ani jej opiekunki nic nie różniło od innych przedstawicieli królewskiego rodu.

W pomieszczeniu cuchnęło gnijącym sianem, moczem i czymś tam jeszcze. Tu i ówdzie walały się też pogruchotane kości, strzępy skóry, słowem ślady niedawnych uczt i posiłków.

– Muszę wracać! – Dawid delikatnie połaskotał nozdrza smoczycy i uskoczył w bok. Jej kichnięcie mogło go zwalić z nóg.

– Rezygnujesz? – Nila przeciągnęła się, zdmuchując z oczu resztki snu. – Nie zamierzasz lecieć na Mu? Już nie szukasz skrytki? Korony Królów?

– Nie mogę! – Dawid wzruszył ramionami. – Znalazłem zwój Gelona! To wszystko zmienia! Ten... ten pergamin to same okropności!

– To znaczy, co?

– Przepowiednie! Jeśli choć część z nich jest prawdą, Archipelagowi grozi straszna katastrofa!

– Ciekawe! – ziewnęła Yonona, przy okazji wypuszczając z paszczy kłąb żółtego dymu. – Czyżby niebo zamierzało spaść na ziemię? A wody Oceanu Tempus zatopić wszystkie wyspy?!

– Coś koło tego – bąknął Dawid, wyraźnie speszony złośliwością dawnej opiekunki.

– Jeśli tak, należy natychmiast powiadomić Chryzomona i Mistrza Walki! Będą wiedzieli, co robić! – Yonona podniosła się z legowiska, strzepnęła łapami z boków siano i pochyliła się nad Dawidem. – Mam nadzieję, że to nie fałszywy alarm.

– Chryzomona...? A po co?! To niepotrzebne! – wykrztusił Dawid. Widać było, że czuje przed smoczycą respekt. – To, co ma się zdarzyć, zdarzy się w przyszłości, za panowania króla Malediviusa. Dlatego powinienem wrócić i ostrzec!

– Dopiero wtedy?! – Trzy głowy Nili zakołysały się jak ogromne makówki. – A zatem... teraz nikomu nic nie grozi!

– Nie! W waszych czasach nic! – Dawid skinął głową. – Właściwie eee... przyszedłem się tylko pożegnać.

– Ach tak! – Wielka smoczyca łypnęła niechętnie na czarodzieja. – Więc to nic pewnego! Z przepowiedniami bywa różnie! Ale jeśli musisz... – zamilkła na chwilę – my smoki przede wszystkim kierujemy się obowiązkiem, skoro chcesz ostrzec swego władcę, ruszaj! Nikt nie powinien ci w tym przeszkodzić!

Yonona odwróciła się tyłem i bez pożegnania poczłapała ku wyjściu. Wyglądało na to, że zarówno zwój, jak i zawarte w nim rewelacje wcale jej nie zainteresowały.

Nila odprowadziła ją wzrokiem, a kiedy znikła, powiedziała: – Sam widzisz, nie przepada za czarodziejami ani za podróżnikami w czasie! Kiedyś spotkało ją wiele złego. Od tego czasu woli trzymać się od nich z daleka. Szkoda, braciszku, ale jeśli musisz... żegnaj! Chociaż nie jesteś smokiem, będzie mi ciebie brak!

– Mnie też – pomyślał i nie wiadomo, dlaczego słowa uwięzły mu w gardle. W chwilę potem użył *teleportus invitus!* Jego ciało skurczyło się, zmalało, wreszcie znikło, pozostawiając na ziemi pelerynę i resztę odzieży. Po kilku sekundach również po nich nie było już śladu.

Zaklęcie przeniosło go do nieznanej komnaty, lecz gdy tylko dotknął stopami posadzki, pojawili się w niej Altus i Flippa. Ciemnoskóra czarownica demonstracyjnie wachlowała się dłonią i głośno pociągała nosem.

– Śmierdzisz! Co za smród! – Jak na powitanie nie zabrzmiało to zbyt uprzejmie.

Dawid zatoczył się i aby nie upaść, oparł się rękami o ścianę. Dopiero gdy podłoga uspokoiła się na tyle, że potrafił się wyprostować, zapytał.

– Przewidzieliście mój powrót? Czekaliście?

Arcymag uśmiechnął się i pokiwał głową. – Nie tylko przewidzieliśmy, lecz także zmieniliśmy *descendo*. Nie poznajesz?

– Czego?

– Daj spokój, Altusie – skrzywiła się Flippa. – Niech się wyszoruje! Woda i mydło. To najpierw! A gdy przyjdzie do siebie, wrócimy do sprawy! Zresztą Onia i Ika przygotowały już kąpiel!

– Onia!?

– Onia, Onia – mruknęła z cierpkim uśmiechem czarownica. – Byłeś i jesteś na wyspie Hver. Nie ruszyłeś się z niej na krok.

– Pokrzyżowaliście moje plany!? – Dawid sięgnął w głąb peleryny i dotknął zwoju. Uspokoiło go to, lecz jego mina nadal zdradzała niepewność. – Dlaczego? Miałem wrócić na Pont. Sądzę, że Maledivius, że… powinien pierwszy… przecież Sork ma zaatakować Pont! Chodzi o Kaduk i królewskie smoki…

– Bez paniki, czarodzieju! – szorstko przerwał arcymag. – Najdalej za godzinę, dwie, Maledivius zjawi się tu z kilkoma fervaksami. O ile wiem, są już w połowie drogi. Gdybyś teleportował się na Pont, wpadłbyś w sidła Frocyngi. Cóż… wieść o otwarciu zwoju nie jest już tajemnicą!

– Czekał na mnie na Poncie!?

– Nie tylko czekał, ale zastawił też pułapkę. Podążał za tobą krok w krok. – Arcymag Altus stuknął laską w podłogę. – Był niebezpiecznie blisko! Najpierw pod postacią trójgłowego smoka, kiedy ściągnął na kark Chryzomona smokobójców, a potem w wieży…

– Azmus Soter!? – Cała krew odpłynęła z twarzy Dawida, był blady jak papier. – To niemożliwe!

– Nie! To nie on! – stanowczo zaprzeczył arcymag. – Ten biedak sam padł ofiarą czarownika. Zgubiła go chęć posiadania onurionu i tajemnica wytapiania złota. Frocynga przybrał postać dwu chichoczących, niepamiętających niczego sów! Przyznaję, było to wyjątkowo sprytne. Widział więc, jak otwarłeś zwój, i uczyni wszystko, by go zdobyć.

– To dlaczego nie zrobił tego w wieży? Zmarnował tak idealną okazję? Czemu?

– Bo musiałby dokonać transmutacji! A po przemianie byłby zbyt słaby, aby go ci odebrać! – Za plecami arcymaga skrzypnęły drzwi i do komnaty wbiegły Onia i Ika.

– Okłopnie wyglądasz! – Młodsza czarodziejka rzuciła się Dawidowi na szyję. Starsza stanęła z boku, przyglądając mu się z mieszanymi uczuciami.

– Okłopnie! Jesteś cały? Nic ci nie jest? – Onii nie zamykały się usta. Nagle odsunęła się od niego i skrzywiła wargi. – Wytarzałeś się w czymś? Co to za zapach? Fee!

– Zapach?! – sapnęła Flippa. – Nazywasz to zapachem?! Oto skutki zadawania się ze smokami! Szkoda gadania! Zabierajcie go i nie żałujcie wody!

Mimo pełnej napięcia, dramatycznej sytuacji Dawid wyszczerzył zęby. Flippa w jakiś sposób przypominała mu Yononę. Jedna brzydziła się smokami, druga nie lubiła czarodziejów. Obie jednak były jego opiekunkami i wiele im zawdzięczał. Podał zwój arcymagowi i bez słowa ruszył za czarodziejkami.

W zaparowanej łaźni zrzucił ubranie i wdrapał się do przypominającej wielką beczkę drewnianej balii. Ledwo się w niej usadowił, wiszący na kołku czerpak natychmiast zabrał się do roboty.

– Nie za gołąca? – Gdzieś z sąsiedniego pomieszczenia, zza kłębów pary doleciał go głos Onii. – Jakby co, użyj *endo*. Załaz przestanie!

– Dobra – mruknął i podstawił głowę pod wychlustujący z czerpaka niekończący się strumień. Woda opływała jego ciało, spłukując, jak mu się zdawało, nie tylko brud, ale i całe otaczające go zło.

Po kąpieli Onia zaprowadziła go do saloniku, w którym na kominku, strzelając iskrami, płonął ogień. Dawid rzucił się na fotel i zerknął ku górze, gdzie na zwisającym z sufitu drążku drzemała stara papuga.

– Witaj, Kornelio!

Ptak nie zareagował. Nawet nie drgnął.

– Nie męcz się – powiedziała Onia – jest głucha jak pień. Z każdym łokiem gorzej! Połozumiewamy się z nią myślomową. Tylko tak!

– Ciekawe, czy mnie pamięta? Hej, Kornelio?

Dawid użył myślomowy i papuga otwarła jedno oko. – Witaj, złotowłosy – zaskrzeczała. – Masz coś do żarcia?

Podrapała się dziobem po grzbiecie, posypując Dawida łupieżem. Nim zdążył odpowiedzieć, Onia poczerwieniała i klasnęła w dłonie.

– A niech to! Zupełnie zapomniałam! Wybacz, z pewnością jesteś głodny. Jest kozi ser, wino, pszenny placek, owoce i trochę konfitur z wiśni. Zaraz przyniosę!

Dawid przyglądał się Onii i wcale nie myślał o jedzeniu. Od ostatniego pobytu na Hver czarodziejka wydoroślała, a jej jasne włosy były… na próżno szukał jakiegoś porównania. Nic poetyckiego nie przychodziło mu do głowy. Nie odrywał od niej wzroku, aż pod wpływem jego spojrzenia policzki dziewczyny nabrały ceglastej czerwieni. Wtedy szybko odwróciła się na pięcie i znikła. Gdy po dłuższej chwili wróciła z dzbanem i półmiskami, Dawid spał już w fotelu. Podobnie jak w Domu Magów, w siedzibie czarodziejek czuł się naprawdę bezpiecznie. Nie przeszkadzało mu nawet skrzypienie szafy i mieszkający w niej lokator. Duch Anikosa, dawnego właściciela domu, zachowywał się zresztą wyjątkowo cicho.

Rozdział osiemnasty

GNIEW ARCYMAGA

Niestety, nie dane mu było wypocząć. Śniły mu się czarne stwory. Ocierały się o niego śliskimi skrzydłami, napawały obrzydzeniem i lękiem. Otwarł z krzykiem oczy i odniósł wrażenie, że śni nadal. Przed nim z różdżką w dłoni stała Kiona.

– Nareszcie! – powiedziała. – Miałeś zły sen! Chciałam cię obudzić, lecz coś mnie wyręczyło. Wokół jest moc. Czuję to! Wstawaj!

– Jaka moc?

– Nie wiem. Zajmiemy się tym potem. Altus chce, żebyś się zjawił na dole. Są już wszyscy!

Miał zapytać – jacy wszyscy i w ogóle, skąd się tu wzięła, gdy czarodziejka dotknęła palcem jego ust. – Nic nie mów! Ani słowa! Póki nie będziemy w Komnacie Ciszy!

– Gdzie? – zdziwił się, zapominając o ostrzeżeniu.

Kiona pociągnęła go za rękę. – Zaraz się dowiesz! Szybko!

– Zdarzyło się coś? Coś ważnego?

– Owszem! – Altus zwołał Bractwo! Czekają tylko na ciebie!

– Masz na myśli… to Bractwo?

– Oczywiście! – Kiona przyspieszyła kroku. – Znasz jakieś inne?

Zbiegli po krętych schodach, pochyłym korytarzem i znów po schodach. Kiona wciąż trzymała jego rękę i puściła dopiero wtedy, gdy drogę zagrodziły im dębowe, okute srebrem drzwi.

– *Opito!* – czarodziejka użyła najprostszego zaklęcia. Szczęknęła klamka i zachrobotały rygle. Drzwi ustąpiły, wpuszczając ich do środka. Na ułamek sekundy Dawid zatrzymał się w progu. Znał Dom Czarownic, lecz nie miał pojęcia o istnieniu tej komnaty. Słyszał o takich miejscach, strzeżonych pilniej niż skarbce, skąd nie wymykały się żadne dźwięki ani słowa.

Komnata była niska, podparta kamiennymi łukami. Z jej ścian zwisały gobeliny, a wyhaftowane na nich dziwaczne zwierzęta i rośliny połyskiwały tajemniczym blaskiem. Dwa wirujące u sufitu koła mieszały powietrze, przy okazji rzucając na wszystko ruchliwe cienie. Poza tym pomieszczenie wyglądało zwyczajnie, tak zwyczajnie, że aż trudno było uwierzyć, że to Komnata Ciszy.

Jej połowę zajmował długi stół, przy którym oprócz Altusa zasiadało kilkunastu gawędzących czarodziejów. Mag Sylviusz i Baliusz z wyspy Rok spierali się o coś z Joanesem Krrolem. Lio z Kifu pokazywał Dino zaklęcie gestu zmieniające kolor skóry i włosów. Siedzące naprzeciwko Onia, Ika i Flippa przyglądały się temu sceptycznie, czekając na czarodziejski efekt. Po tej stronie stołu jedno krzesło było wolne. Czekało na Kionę.

Na widok wkraczających do sali arcymag wskazał im stojący pod ścianą pulpit. Z pomocą Kiony Dawid rozwinął leżący na nim zwój. Choć jarzące się purpurą litery były małe, nikt z czarodziejów ani czarodziejek nie miał trudności z ich odczytaniem. Członkowie Bractwa Szkarłatnych Liter nie musieli wysilać oczu. Arcymag użył zaklęcia *acomodatio,* dzięki czemu przepowiednię Gelona można było czytać nawet z najdalszej odległości. Przez chwilę w komnacie słychać było jedynie szmer wirujących kół.

– Niesssamowite! – Joanes Krrol odchrząknął i nachylił się do maga Sylviusza. – Jeśli to prawda ...sytuacja jest groźniejsza, niż sądziliśmy.

– *...zatrzęsie się ziemia, wzburzą się odmęty... morze podejdzie aż pod górskie szczyty. Ocaleją jedynie stworzenia skrzydlate...*

Krrol wodził palcem po tekście, jakby miał go przed nosem – chodzi o ptaki, sekstyle? Jak sądzisz, Altusie?

– Może o smoki? – Sylviusz podniósł wzrok na arcymaga. – Choć w przepowiedni nie ma o tym słowa, trudno zaprzeczyć, że smoki mają skrzydła!

Mądrzy magowie szukać będą pomocy, lecz na próżno poszukiwać jej będą daleko. Jeśli ma nadejść, to nadejdzie z bliska. Tylko ona odmienić może los okrutny... A wtedy nastanie Wiek Złoty, ustaną wojny, na Archipelagu zapanuje pokój...

– Same zagadki – warknęła gniewnie Flippa – to na nic! Nie wiem jak wam, ale mnie to nic nie mówi. Nic! Zupełnie...

– Przeciwnie! – niezabierający dotąd głosu arcymag pokręcił głową. – Co prawda przepowiednie nigdy nie są jasne, ta jednak daje nam wskazówki. Wyraźne instrukcje!

– Jakie? – skrzywił się Lio. Widać było, że podziela zdanie Flippy. – Lepiej liczyć na siebie! Jeżeli Sork zaatakuje, mamy katapulty! Łuczników na murach i oddziały zbrojnych. Wyspy Mu i Pont nie są bezbronne! – Czarodziej Lio kipiał entuzjazmem. Dawid przysłuchiwał się jego wywodom i miał wrażenie, że padają z ust Lancelota. Pomyślał, że nieźle by było, gdyby rycerz i Manu byli teraz z nimi. Jego przyjaciele byli jednak daleko, wędrowali po Archipelagu.

– To za mało! – Arcymag potarł w zamyśleniu czoło. – Niewiele o nim wiemy, tylko tyle, że należy do najstarszych mocy. Obudziło go zło, a zatem... walka będzie długa!

– I straszna – dorzuciła Kiona. – Chcesz użyć czarów? Magii czarodziejów? To przecież nie wystarczy!

Arcymag przymknął powieki. – W istocie, i o tym właśnie między wierszami wspomina PRZEPO-

WIEDNIA, dlatego zjednoczymy siły! Jeszcze dziś o szczegółach powiadomię królewskie smoki.

– Przecież o tym wiedzą – zdziwił się Dawid. – I zaraz tu będą!

– Owszem – zgodził się Altus – to miałem na myśli. Musimy wraz z nimi opracować plan. W tym przypadku liczy się precyzja, najmniejsze drobiazgi. Od tej chwili nikt nie działa na własną rękę. Zamierzam natychmiast wezwać wilkomagi.

Jak na komendę wlepili wzrok w Altusa.

Nie wiadomo, co zrobiło większe wrażenie, pośpiech, czy to, że trzeba szukać pomocy u wilkomagów?

– Wilkomagi!? Nigdy nie były po naszej stronie! – Mag Sylviusz odepchnął gwałtownie krzesło, jakby chciał odrzucić pomysł arcymaga.

– Ale i nie przeciwko nam! Od wieków nie mieliśmy z nimi kłopotów. To konieczne, Sylviuszu! Nie mamy wyjścia! – Altus uśmiechnął się kącikiem ust. – Ich magia należy do najstarszych, nie wiemy, czy pochodzi z tych samych źródeł, co Sork. Jeśli jednak wykształciła je pierwotna blasta, z której poczęło się wszystko – mamy szansę!

Dawid wytrzeszczał oczy. Wilkomagi należały do stworów, które nawet najznakomitsi czarodzieje omijali z daleka. Ich dzika, brutalna moc pół wilków, pół magów sprawiała, że także smoki unikały z nimi spotkań. Uważano je za wyjątkowo niebezpieczne. Wilkomagi, podobnie jak ich dalecy kuzyni wilkołaki, żywiły się krwią swych ofiar. To wszakże zaspokajało jedynie część ich natury, wilczą połowę. Natura i prastare moce wyposażyły je jednak w coś znacznie groźniejszego. Wilkomagi bez zbytniego wysiłku potrafiły wysysać energię ze wszystkiego, co w nią było zasobne.

Przed laty w Domu Magów Kiona pokazała Dawidowi *Bestiarium,* tajemną, niedostępną adeptom czarodziejstwa księgę. Na jej kartach znajdowały się ryciny tych bestii wraz z opisami upiornych ataków. Ich ofiarami padali nierozważni czarodzieje, smoki, zwierzęta, a czasami drzewa i skały.

Oboje z Kioną uznali to wtedy za fantazję, wybujałą wyobraźnię spisujących wydarzenia skrybów. Dziś arcymag Altus zamierzał wezwać je na pomoc!

– Równie dobrze można użyć kleist! – Joannes Krrol poprawił przepaskę na brakującym oku. – Potrafią to samo. Zżeranie energii to ich specjalność. Mamy je pod ręką. Wystarczy pogrzebać w ruinach zamku Hoh!

– Nie przeczę! – Altus posłał Joannesowi łagodne i zarazem zdziwione spojrzenie. – Tyle tylko, że pozostało ich zbyt mało! A co gorsza, są prymitywne, tak bezrozumne, że gotowe atakować wszystko!

Joannes Krrol zasznurował usta. Odmowa arcymaga trochę go dotknęła. Był jednak zbyt rozsądny, żeby nie przyznać mu racji. Użycie w walce kleist niosło za sobą poważne ryzyko i nieprzewidziane skutki.

– Skoro się zgadzamy… – arcymag prześlizgnął się spojrzeniem po zebranych i zatrzymał wzrok na

Dawidzie. – Pozostają więc wilkomagi! To niebezpieczna misja, wymagająca odwagi i determinacji. Jeśli powierzymy ją komuś doświadczonemu, powinno się udać... O ile mi wiadomo, w tym roku wilkomagi nie zmieniły jeszcze siedzib. Zbocza Gór Transancji są oddalone zaledwie o godzinę lotu smokiem. To upraszcza sprawę. Nie zamierzam też nikogo wyznaczać. Mam jednak nadzieję, że...

Altus urwał. Komnata Ciszy zadrżała w posadach. Z zewnątrz nie przeniknął żaden dźwięk, wszyscy jednak odczuli kołysanie murów. Po pierwszym wstrząsie nastąpiły kolejne, znacznie jednak słabsze. Onia i jej siostra zerwały się z miejsc, a brązowa twarz Flippy spopielała.

– Spokojnie! To tylko smoki! – Dłoń Altusa poruszyła się, zataczając w powietrzu ledwo widoczne koła. – To z pewnością Maledivius! Nie dajmy mu czekać!

Arcymag podszedł do ściany i niczym chirurg przeciął ją dłonią. Wsunął palce w powstałą szparę i ponowił cięcie. Solidny, kamienny mur rozsunął się, ukazując południowe, strome zbocze góry. U podnóża Domu Czarownic, ciężko dysząc po locie, przysiadł Maledivius i jego królewska eskorta.

– Witaj, Malediviusie! – arcymag złożył ukłon. Na tyle głęboki, by wyrażał szacunek dla królewskiej krwi i zarazem swobodny, podkreślający godność arcymaga. – W samą porę, przyjaciele! Właśnie ustalamy szczegóły obrony. Chyba nie masz nic przeciwko wilkomagom? Postanowiliśmy bowiem...

W odpowiedzi na powitanie smok wypuścił kłąb dymu, jakiego nie powstydziłby się komin Hverskiej piekarni. Altus zakaszlał i z trudem dokończył – ...wezwać wilkomagi. Rozumiesz, Malediviusie, to chwilowy sojusz! Jeśli więc nie masz zastrzeżeń, odpocznijcie przed lotem.

Władca odwrócił się niezgrabnie. Wybrał wzrokiem jednego z muskularnych fervaksów i dał znak, by się zbliżył.

– To Seniusz! – rzekł. – Jest szybki i dzielny. Zrobi, co rozkażesz! Do usług, arcymagu!

Smok łypnął na Altusa okiem, czekając na polecenie. Jego pokryte łuską mięśnie drgały i czuło się w nich moc. Przeniósł spojrzenie na Dawida i przyjaźnie wyszczerzył zęby.

– Ty jesteś... to mały Sen! Ależ tak! Brałeś udział w bitwie... walczyłeś o Kaduk. – Dwoma susami Dawid pokonał dzielącą go od smoka odległość i dotknął jego paszczy. – Stąd te blizny! Poznaję!

Zadowolony Seniusz wystawił fioletowy, rozwidlony język i mlasnął.

– Skoro tak, mamy komplet – arcymag z aprobatą skinął głową. – Chyba nie odmówisz, co? Polecicie razem!

Zaskoczony Dawid odpowiedział uśmiechem. Był przekonany, że do tak trudnej misji Altus wybierze Lio. Czarodziej z Kifu miał większe doświadczenie. Powierzano mu szczególnie delikatne misje dyplomatyczne. Ta z całą pewnością należała do takich.

Rozdział dziewiętnasty

WYPRAWA

Nie poleciał sam. W ostatniej chwili Kiona wymogła na arcymagu udział w tej wyprawie. Nie obyło się bez targów i lamentów. W końcu jednak czarodziejka postawiła na swoim. Rozkładając bezradnie ręce, Altus przystał na prośbę córki.

Ze względu na pośpiech postanowiono wyruszyć tego samego dnia. W jaskrawoczerwonych pelerynach, spiętych klamrą *paximusa,* znanego powszechnie zaklęcia pokoju, Dawid i Kiona usadowili się na grzbiecie Seniusza. Niewielki w porównaniu z Malediviusem smok natychmiast wzbił się w górę.

Przez długą chwilę pęd powietrza wysuszał im gardła. Gdy wznieśli się ponad chmury, Seniusz wyrównał lot. Niczym na skrzydlatych saniach mknęli teraz w perłowej bieli uskakujących im z drogi obłoków. Były pod nimi, nad nimi, wszędzie!

Dawid przełknął ślinę, pozbywając się ucisku w uszach.

– Słyszysz mnie?

Kiona kiwnęła głową. Siedziała za nim i obejmowała go rękami w pasie.

– Busola magica! – zażądał. – Potrzebna mi busola.

Czarodziejka rozwiązała rzemień przerzuconej przez ramię sakwy i podała mu mosiężny przedmiot.

Lecąc w chmurach, byli zupełnie niewidzialni. Ceną za bezpieczeństwo, za to, iż żadne najbystrzejsze oko nie zdołałoby ich wypatrzyć, było to, że musieli korzystać z magicznej nawigacji.

Niebieska tarcza busoli, równie dobrze widoczna w dzień i w nocy, z zaznaczonym kierunkiem górskich szczytów Transancji, jak po sznurku prowadziła ich do celu. Niewielkie, przypominające kieszonkowy zegarek urządzenie nie tylko utrzymywało kurs, ale wyświetlało nazwy wysp, przylądków, nad którymi przelatywali. Altus kupił je niedawno od magów z Kill, miasteczka na wyspie Rok, słynącego z doskonałego rzemiosła i produkcji magicznego sprzętu. Było drogie, lecz arcymag nie żałował ore na magiczne nowinki.

– Wiesz o nich więcej? – Dawid przechylił się do tyłu.

– Co masz na myśli? Wilkomagi?

– Jasne!

– Tylko tyle, że są niebezpieczne. Szczególnie w czasie przesilenia. Ich planetą jest Księżyc. Tak naprawdę są więc nieobliczalne jedynie w pełni!

– A normalnie?

– Skąd mam wiedzieć?!

– Super! – Dawid zacisnął zęby. – Tego mi brakowało! Jeśli nie zatłuką nas przy powitaniu, uznamy to za sukces!

– Nie przesadzaj! Co z tobą? Po pierwsze, jeszcze nie ma pełni – Kiona poklepała go po plecach. – Po drugie, chroni nas *paximus*. One... one także tego przestrzegają. Połowę swego istnienia zawdzięczają przecież magii.

– Mam nadzieję! – Dawid zerknął na busolę, na której pojawił się napis: Transancja. Tuż obok wciąż jeszcze zamazana wyświetlała się też inna nazwa... – A to co znowu?

Kiona oparła brodę o jego ramię. – Ulmo... Ulma... czy jakoś tak... To pewnie ich siedziba! Altus twierdzi, że w tym roku nie wystawiali z niej nosa. Moim zdaniem powinniśmy już schodzić w dół.

Na żądanie Dawida smok obniżył lot. Chmury rozrzedziły się i pod nimi wyłoniły się górskie szczyty. Ich południowa strona schodziła stromo do oceanu. Czerwone, zachodzące słońce ześlizgiwało się z niej i zanurzając się w falach, bulgotało krwawą pianą.

– Myślisz, że to jeszcze Hver?

– To laguna! – wyręczył czarodziejkę milczący dotąd Seniusz. – Parę szczytów wystających z oceanu. Wylądujemy na wodzie, ale blisko brzegu.

– W wodzie? – oburzyła się Kiona. – Oszalałeś! Mamy szukać łodzi?!

– Bez obawy! Tu jest płytko. Wystarczy parę kroków. Między skałami widać przesmyk i ścieżkę do góry.

– Znasz to miejsce?

– O tyle, o ile! – Smok zmienił kąt skrzydeł, szybując teraz jak wielki latawiec. – Królewskie patrole zaglądają tu dwa razy w miesiącu.

– Po co? – zdumiała się Kiona.

– Dla zapewnienia bezpieczeństwa. Kompanie żeglugowe wynajmują kurierów i smoki pocztowe. To regularne połączenie między wszystkimi wyspami Archipelagu. Poza tym chcą mieć oko na swój fracht. Wielu kupców drży o własne towary. W tych stronach kręci się mnóstwo piratów, nie mówiąc o jednogłowych. Statki handlowe to łakomy kąsek! W tym roku uprowadzono już kilka galeonów i tuzin mniejszych łodzi.

– Pilnujecie żeglugi?!

– Można tak powiedzieć! Choć nie wszystko się udaje. Przebiegłość piratów nie zna granic!

– I nie lądujecie na lagunie?!

– Nigdy! – zaprzeczył smok. – Nie ma takiej potrzeby! Wilkomagi nie należą do gościnnych, nie lubią niezapowiedzianych wizyt! Kto nie musi, stroni od takich miejsc!

– Dzięki za informację. – Gorzko uśmiechnął się Dawid – To bardzo pokrzepiające!

Seniusz wysadził ich na skrawku kamiennej, mokrej od bryzgów płyty. Zeszli z niej i brodząc po kolana w wodzie, stanęli u podnóża skalnego masywu.

Kozia ścieżka z odciśniętymi w glinie śladami racic wspinała się ostro pod górę. Jakiś czas wiodła ich między niebotycznymi kamiennymi ścianami. Niektóre z nich opierały się o siebie, tworząc wąskie, podniebne mostki. Mieli wrażenie, że ściany ich zgniotą, nie wypuszczą z kamiennej pułapki. Czuli dziwny ciężar i nienazwaną, otaczającą ich moc. Wreszcie otwarła się przed nimi przestrzeń.

– Czy to na pewno tu? – Kiona rozglądała się po wymoszczonej zielenią dolinie. Zmierzch kładł na nią długie cienie szczytów. Wysokie trawy stały nieruchomo. Nie marszczył ich nawet najmniejszy podmuch wiatru. W dolinie panowała niezmącona cisza.

– To nie wygląda dobrze! A w dodatku… nie mam pewności, czy to działa? – Dawid dotknął klamry *paximusa.*

– A ja tak! Najzupełniej tak! – powiedziała opryskliwie czarodziejka. – I nie musisz mnie straszyć!

– Więc skąd ta cisza? W górach to nienaturalne! Może to iluzja?!

– Spodziewałeś się wichru? Wilczego wycia? – w głosie Kiony było coraz mniej przekonania.

Dawid potarł kciukiem pierścień. Na spotkanie z wilkomagami arcymag pozwolił mu zabrać tylko pierścień. Kiona miała przy sobie różdżkę.

– Ty czy ja? – zapytał zniecierpliwiony. – Nie będziemy stać tu wiecznie. Musimy to sprawdzić!

– Ty! – Zmęczenie wzięło górę nad rywalizacją i czarodziejka ustąpiła przyjacielowi.

Dawid obrócił na palcu pierścień i potarł kamień. Zaklęcie *dematerio* wzmocnione siłą umieszczonego w pierścieniu *alganitu* niczego nie zmieniło. Sielski krajobraz wśród ostrych jak noże szczytów trwał i nie miał zamiaru zniknąć.

– Iluzja czy nie, ruszamy! – Dawid wydobył z kieszeni busolę. Odchylił wieczko i spochmurniał. – Co z nią? – Gwałtownie potrząsnął busolą. – Zupełnie zwariowała!

Tarcza urządzenia kręciła się jak koło ruletki.

– Pole magnetyczne. Bardzo silne pole albo... – Dawid puknął palcem w mosiężną obudowę.

– Albo co? – spytała czarodziejka.

– Albo się z nami bawią. Tak czy inaczej, chodźmy!

Zrobił kilka kroków i aż się potknął. Po zielonej dolinie nie było śladu. Przed nimi piętrzyła się naga skała. W połowie jej wysokości, na zwisającym nad przepaścią tarasie wznosiły się zamkowe wieże i mury.

– Niezła robota! – Dawid przytknął dłoń do czoła. Pełen podziwu przyglądał się niesamowitej konstrukcji. – Ktoś, kto to zbudował, miał głowę na karku! Ciekawe, jak się tam dostaniemy?

– No właśnie – wyszeptała Kiona – to prawdziwe, najprawdziwsze czary! Dlatego nasze zaklęcie...

– ...było za słabe – mruknął z kwaśną miną Dawid. – Przewidzieli to! Mają zęby, ogony i znają się na magii! Lepiej nie można! Jesteśmy na ich łasce i nie wiadomo, jak długo będą nas zwodzić...

– To się okaże! Zaraz się okaże! – Czarodziejka wydobyła różdżkę i wycelowała ją w skałę. Zaklęcie *neutrum* zadźwięczało niczym młot na kowadle.

Stopień po stopniu, jakby dopiero ciosano je w skale, pojawiały się schody. – Zapamiętaj to miejsce! – krzyknęła. – Zanim schody znikną, zapamiętaj! – Głos i ręka Kiony drżały z wysiłku. Przełamujący inne zaklęcia czar *neutrum* również powoli słabnął.

Rozdział dwudziesty

WILKOMAGI

– Mamy się tam wdrapać? – Zadzierając głowę, Dawid mierzył wzrokiem schody. Choć zaklęcie Kiony przestało już działać, wbrew ich obawom kamienny szlak wiodący do twierdzy nie zniknął.

– A masz inny pomysł?

– Może Seniusz…? To niezły kawał drogi! Oszczędzimy sporo czasu. Poza tym… jego obecność… nie wiem jak ty, ale ja uważam… no wiesz… byłoby raźniej.

– Chcesz wezwać smoka… oszalałeś! Wilkomagi nie przepadają za ich towarzystwem! To mogłoby przekreślić naszą misję.

– Jak dotąd nie widzieliśmy żadnego! – upierał się Dawid. – Moim zdaniem to dziwne! Co najmniej dziwne!

– To nic nie znaczy – Kiona nie miała zamiaru ustąpić. – Założę się, że nas obserwują! I to bacznie! Poradzimy sobie bez smoka. Niech się trzyma z daleka!

– Jak chcesz – stęknął zrezygnowany – ale nie dotrzemy tam przed nocą. A to naraża nas... na... sama rozumiesz!

– Przestań! – Oczy czarodziejki błysnęły jak iskry. – Nie wiem, czy sam się boisz, czy tylko mnie chcesz wystraszyć!?

Obrażony Dawid odwrócił się na pięcie. Paroma słowami Kiona potrafiła każdemu zamknąć usta.

Wspinali się zakosami. Schody przypominały wielką literę Z. Przez jakiś czas Dawid liczył stopnie, w końcu machnął na to ręką. Mimo że przebyli sporą cześć drogi, nadal nikt nie zainteresował się ich obecnością. Zamek wydawał się martwy i pusty.

– Czyżby Altus się mylił? – Kionę powoli ogarniały czarne myśli. – Pusty zamek?

– Jeżeli mają więcej siedzib, mogli go opuścić! – Dawid przystanął, by zaczerpnąć więcej powietrza. – To prawdopodobne!

– Wątpię! Sprawia takie wrażenie, ale wcale nie jest pusty.

– Nieee? – rozzłościł się Dawid. – Więc co? Kolejna niespodzianka, kolejna pułapka? – Hej! Wy tam, hej... – wrzasnął na całe gardło.

Echo zwielokrotniło jego krzyk. Hej, hej!... – odpowiedziały góry i gdzieś spod szczytu sypnęło się kilkanaście kamieni.

– Co jest? – W głowie Dawida rozległ się chrapliwy głos smoka. Seniusz używał myślomowy. – Obdzierają kogoś ze skóry!? Słychać was aż na dole!

Kiona rzuciła Dawidowi pytające spojrzenie.

– To Seniusz – wyjaśnił.

– Bez obawy! – zapewnił smoka. – Jesteśmy już blisko. Gdybyś nas podrzucił, byłoby sto razy prędzej.

Seniusz zarechotał, najwyraźniej wziął to za żart.

– Nie drzyjcie się, to nic nie da. Ostrzegałem was! Wilkomagi słyną z gościnności! Dopóki nie staniecie na górze, żaden nie wystawi nosa!

Smok miał rację. Ledwo, spoceni, dotarli do zamkowych murów, zaskrzypiała drewniana furta. Uchyliła się, zapraszając do wejścia. Gdy jednak usiłowali ją przekroczyć, jak spod ziemi wyrosła przed nimi krępa, mocno zbudowana postać. Miała czarną, krótką pelerynę i okrągły, przylegający do czaszki kapelusz. Z jego boków wystawała para włochatych, ruchliwych uszu.

Dawid skinął osobnikowi głową i dotknął dłonią *paximusa*. Stwór nie zareagował. Na przemian wbijał spojrzenie w czarodzieja i Kionę. Jego oczy sprawiały wrażenie głębokich otworów, wciągających wszystkie myśli w jakąś niezmierzoną, bezdenną głębię.

Kiedy przestał ich lustrować, odetchnęli z ulgą. To, co ujrzał, widocznie zadowoliło milczącego osobnika, bo dał znak, by ruszyli za nim.

– Więc tak wyglądają wilkomagi – przemknęło przez głowę Dawidowi. – Ani śladu kłów, pazurów, zupełnie inaczej niż na rycinach!

– Inaczej, bo to nie wilkomag. W każdym razie nie czystej krwi! To celebrus! One... one należą do służby – Kiona starała się mówić szeptem, uważnie obserwując przewodnika. – Od wieków towarzyszą wilkomagom.

– Celebrus?

– Zgadza się. Krzyżówka wilkołaka z wilkomagiem. Z takich związków rodzą się celebrusy. Są niezwykle waleczne, odziedziczyły część magicznych uzdolnień, ale ich inteligencja pozostawia sporo do życzenia. W hierarchii całego magicznego gatunku zajmują miejsce pośrodku.

– Proszę, proszę! – Skrzywił się ironicznie. – Podobno nic nie wiesz! – Choć wiedza czarodziejki zawsze mu imponowała, za nic w świecie by tego nie okazał.

– Zamknij się! – Łokieć Kiony wylądował na żebrach Dawida. – Wiem tyle, ile wyczytałam w *Bestiarium.* I nie używaj myślomowy ani *solferino* – syknęła – posługują się tym lepiej od nas. O niebo lepiej!

– To co, będziemy gadać na migi, bo czytają również z warg?!

– A żebyś wiedział. I skup się! – skarciła go wzrokiem. – Nie wiadomo, co nas jeszcze czeka. Staraj się zapamiętać drogę.

– Nic innego nie robię! Liczę schody i gapię się dookoła!

Tymczasem celebrus zaryglował furtę i prowadził ich wzdłuż wewnętrznych zamkowych murów. Wzniesione z kamienia ściany tworzyły rodzaj labiryntu. Nie był zbyt skomplikowany, ale w czasie ataku zapewne dawał czas na zorganizowanie obrony.

– Ciekawe, kto i z jakiego powodu ryzykowałby taki atak? – Dawid rozglądał się, notując w pamięci wejścia do wież, wiodące dokądś schody i wysklepione w murach nisze i wnęki. Te ostatnie zainteresowały go najbardziej. W każdej z nich wisiało bowiem kilkanaście długich, przytwierdzonych do ścian łańcuchów.

– Zakuwano w nie jeńców? – Dawid rzucił głośno pytanie, ale nie otrzymał odpowiedzi. Przewodnik ani drgnął.

– Jest głuchy?

– Nic podobnego. To, co mają najlepsze, to słuch! Spójrz na jego uszy!

Niespodziewanie Dawid przystanął. Zerknął pod nogi, cofnął się i ruszył dalej. Kroczył teraz, dziwnie wysoko unosząc stopy, jakby przeszkadzały mu niewidzialne przeszkody.

– Co się stało?! – Kiona zerknęła w jego nieruchome, szklące się źrenice. Czarodziej był blady, a z jego czoła strumykiem spływał pot.

– Co ci jest?! – Potrząsnęła go za ramiona. – Oprzytomnij!

Niczym wynurzający się z wody topielec Dawid łapał ustami powietrze. Jego ciałem wstrząsały drgawki.

– Zatrzymaj się!

Machinalnie, niczym robot wykonał jej polecenie. Na jego policzki powoli wracał jednak rumieniec.

– Widziałem to... oni... oni... – wyjąkał – wszędzie krew... trupy... podczas bitwy przykuwali ich łańcuchami...!

– Jacy oni? Kogo? – Kiona przyglądała mu się z coraz większym niepokojem. – Po co mieli się przykuwać? Zabijać?

– Miałem wizję. Widziałem bitwę. Te łańcuchy... przykuwano do nich wojowników, aby nie cofali się, nie opuszczali miejsca walki. Mieli zwyciężyć albo zginąć.

– Widziałeś to, widziałeś walczące wilkomagi?

– To nie były wilkomagi. To byli oni – Dawid wskazał przewodnika. – Wykorzystywano ich nie tylko do służby! Stąpałem po ich ciałach...

Kiona odwróciła się do stojącego nieruchomo celebrusa. Przez ułamek sekundy miała wrażenie, że chciał, aby to zobaczyli, że wybrał do tego Dawida. Pokazał mu przeszłość, a może...

– A jeżeli to przyszłość? – Kiona przygryzła wargi.

– Wykluczone! – Dawid potrząsnął głową. – W swojej przepowiedni Gelon nie wspomina o tym ani słowem! Celebrusy walczyły z dwunożnymi stworami. Nikt od dawna nie widział takich na Archipelagu.

– Z Moronami?

– Skąd mam wiedzieć? Wyglądali jak ludzie, choć ich skóra bardzo przypominała łuskę!

Dawid dotknął palcami czoła – wszystko trwało tak krótko. To okropne!

– Zaraz, zaraz... okropne, lecz niestety możliwe – powiedziała w zamyśleniu Kiona. – W ogólnej Historii Archipelagu są o tym dwie albo nawet trzy wzmianki. W zamierzchłych czasach Moronowie, zwani ludźmi morza, atakowali wyspy. Byli dzicy i bezwzględni! Dopuszczali się wielu okrucieństw. Zabijali bez mrugnięcia okiem.

– Nie wyglądali na ludzi!

– Wszystko jedno! Poczekaj! – Kiona wyciągnęła rękę. – Patrz! – Nie spuszczała wzroku z celebrusa, który zatrzymał się przed kamiennym posągiem przypominającym wilka. – Co on wyprawia? Głaszcze posąg?

– Coś ty! To raczej... myślę, że to jakiś mechanizm. Zaraz się przekonamy!

Celebrus szarpnął spinającą kark zwierzęcia obrożę. Natychmiast rozległo się groźne warczenie. Kamienny wilk ożył i cofając się, otwarł w murze sekretne wejście. Nie oglądając się na Dawida i Kionę, celebrus błyskawicznie w nim zniknął.

– Mamy tam wejść? – Czarodziejka ostrożnie zajrzała do środka. Wnętrze było ciemne, nieprzeniknione.

– Chyba tak! – mruknął z ironią Dawid. – Przecież widziałaś, wpuszczają tam bez zaproszenia!

Rozdział dwudziesty pierwszy

ARCYLUPUS

Pulsujący stęchłym powietrzem tunel wprowadził ich do wysokiej, jasno oświetlonej sali. Na pierwszy rzut oka pomieszczenie przypominało świątynię. Ściany, kolumny i sufit zdobiły malowane i rzeźbione wizerunki pół ludzi i pół wilków. Niektóre były pokraczne, skręcone w męce, walczące, inne wyniosłe, pełne dostojeństwa.

Oprócz olbrzymiego, wyciosanego z głazu ołtarza i stojącego przy nim kamiennego tronu w świątyni nie było innych sprzętów.

– Myślisz, że składają tutaj ofiary? – Kiona wskazała spojrzeniem ołtarz. – Wiesz, co o nich gadają? – Wciągnęła nosem powietrze, jakby chciała się przekonać, czy w sali unosi się zapach krwi.

– Nie wiem. – Dawid oderwał wzrok od wielkiego fresku sławiącego jakąś krwawą bitwę wilkomagów ze smokami i znieruchomiał. Na pustym do tej pory tronie siedziała ciemnoskóra postać. Miała toporną twarz, z wystającymi kośćmi policzkowymi. Jej ramiona okrywała czarna peleryna, a na piersi połyskiwał złoty medalion z wygrawerowaną paszczą wilka.

– Kiona…

– Widzę! – syknęła czarodziejka. – To Arcylupus! Wielki mistrz i najwyższy z magów! Nie zauważyłam, jak wchodził!

– Bo nie wchodził – odparł szeptem czarodziej – teleportował się. Czułem to! Zresztą pierścień… spójrz… podsunął jej dłoń, na której kamień pierścienia dogasał czerwonym blaskiem. Był to znak, że w bezpośrednim otoczeniu dokonano właśnie aktu magii.

Dawid chciał jeszcze coś dodać, ale spojrzenie Wielkiego Mistrza odebrało mu oddech. Ugięły się pod nim kolana i aby to zamaskować, złożył chwiejny ukłon. Kiona również pochyliła głowę.

– Wiem, z czym przybywacie! – głos wilkomaga brzmiał łagodnie i cicho. I co najdziwniejsze dochodził z różnych stron. Niewiele wiedzieli o akustyce, ale obojgu przyszło na myśl, że to niekoniecznie czary, że może to mieć związek z wysokim, łukowatym sklepieniem i panującą wewnątrz pustką. Świątynie wznoszono bowiem tak, żeby zachwycały nie tylko architekturą, lecz zaskakiwały również tajemniczymi efektami.

– Śpiew morza opowiedział już o wszystkim! – wilkomag cedził słowa, wpatrując się w coś, co było niewidzialne dla ich oczu.

– Śpiew morza!? Więc wiesz o Sorku i jednogłowych... jak to?

Mistrz zdawał się nie zauważać zdziwienia Dawida. – Czy królewskie smoki i arcymag Altus nie zwierają szyków? Nie sposobią się do obrony? Czy wokół nie roi się od zaklęć i przemian? – Niczym w transie wysuwał pytanie za pytaniem, nie oczekując odpowiedzi.

Dawid wsłuchiwał się w potok jego słów i tłumił niecierpliwość. Zacisnął zęby, aż go zabolało. Nie tak wyobrażał sobie spotkanie. Prawdę mówiąc, zachowanie, a zwłaszcza wygląd Arcylupusa zbiły go z tropu. Wilkomag podobnie jak celebrus nie miał w sobie nic z krwiożerczej, prymitywnej bestii. Czy opowieści, że zabijanie mają we krwi, były więc tylko zmyśleniem? Zapewne po przemianie, w czasie księżycowej pełni wyglądałoby to inaczej, teraz jednak trudno było w to uwierzyć. Dawid miał przed sobą maga. Maga, który jak mu się zdawało, poddawał go próbie. Do licha z nią! – żachnął się w myślach. Postanowił nie zaprzątać sobie tym głowy. Najważniejsza jest misja. Musi przekonać wilkomagi do stawienia oporu Sorkowi. Bądź co bądź, grozi im wspólne niebezpieczeństwo.

Czarodzieje, smoki i wilkomagi od wieków razem zamieszkiwały wyspy. Czasem wrzało między nimi jak w kotle, ale bywały też lata pokoju. Nigdy przedtem Archipelag nie znalazł się jednak na krawędzi zagłady i nigdy nie zagrażało mu coś bardziej przerażającego.

Dawid wyprostował się, ani on, ani Kiona nie przybyli tu po upokorzenie, po to, aby błagać... byli czarodziejami. Jeżeli uda się połączyć siły, moc Domu Magów, smoków i wilkomagów, Archipelag ocaleje! W innym wypadku... nie... wolał nie dopuszczać do siebie takiej myśli.

W uszy Dawida uderzyła cisza. Zerknął na Kionę, potem na Wielkiego Mistrza. W szeroko rozstawionych oczach dostrzegł zrozumienie.

– Zbliżcie się!

Jak we śnie, nie dotykając stopami posadzki, postąpili kilka kroków.

– Bliżej – zażądał wilkomag i błyskawicznie, jakby zamierzał coś schwytać, jego ręce wystrzeliły w górę. Gdy je opuścił, tkwiła w nich kryształowa kula. Obrócił ją w dłoniach, a kiedy zawirowała, pchnął ją w kierunku Dawida i Kiony.

– Śmiało! – zachęcił. – Zatrzymajcie ją! Tym sposobem wieści docierają szybciej niż na smoczych skrzydłach.

Dawid złapał oburącz kulę i przesunął po niej palcami. Jej przezroczysta powierzchnia przybrała mlecznoszarą barwę. Po chwili jednak coś rozdarło mętną zasłonę i ujrzeli sterczącą, omywaną przez fale skałę. Na jej szczycie tkwiła nieruchoma, ciemna sylwetka.

Na ten widok z gardła Kiony wyrwał się jęk. Przeszyło ją najgorsze z podejrzeń. – To karzeł, czarnoksiężnik Frocynga! Co on tam robi?

Zgarbiona postać odwróciła się w ich stronę. Mieli wrażenie, że ich słyszy i wykrzywia twarz w szyderczym uśmiechu.

– To Czarna Skała! Miejsce przywołań! Budzenia starych, najokrutniejszych mocy!

Kamienny spokój wilkomaga mógł znaczyć tylko jedno. To, co działo się przed ich oczyma, nie było dla niego nowiną.

– Jest na oceanie? – Dawid z niedowierzaniem przyglądał się kuli. Parokrotnie przemierzył Ocean Tempus i nigdy nie słyszał o takim miejscu. Nie istniało na żadnej mapie. Ba, nie wspominali o nim nawet przesądni i zawsze skłonni do fantastycznych opowieści żeglarze.

– Jest na samym środku! – stanowczo stwierdził Arcylupus. – To pępek oceanu! Wynurza się na żądanie, ale żeby tego dokonać, trzeba znać...

– ... zaklęcie – wpadła mu w słowo Kiona.

Wilkomag potrząsnął głową. – To zbyt mało. *Oxum verum*, jedynie pieśń przywołania może poruszyć skałę i sprawić, by się wynurzyła.

Policzki Kiony zapłonęły. – Chcesz powiedzieć, że Frocynga zna pieśń przywołania? Skąd? Jej tekst nie istnieje, przekazywano ją sobie z ust do ust. Od lat nikt jej nie słyszał!

– A jednak – wilkomag skinął głową – gdyby jej nie znał, nie dokonałby tego. Spójrzcie na fale. To nie wiatr je podnosi.

Miniaturowe, uwięzione w kuli morze burzyło się, łącząc się niemal z szarym niebem. Wysokie fale sięgały szczytu skały, a horyzont bezlitośnie cięły błyskawice.

– Co on zamierza?! – Dawid z trudem przełknął ślinę. – Jeśli mu nie przeszkodzimy... przywoła... obudzi Sorka!

– Za późno! – Wilkomag zamknął wyciągniętą dłoń. W mgnieniu oka kula zmatowiała i znikła. Oszołomiony Dawid przez moment stał z pustymi, rozsuniętymi rękami, jakby wciąż jeszcze tam tkwiła.

– Za późno?! – wykrzyknęła Kiona – zrobił to? To szaleństwo! Nie można tego powstrzymać?! Odwrócić?!

– Niestety! Gdy obudzono go poprzednim razem, ocean pochłonął wyspy San i Oran. A choć sprawcą był Sork, zaprzeczano temu i brano jego atak za trzęsienie ziemi.

– Za kataklizm? – Dawid nadstawił uszu. Był zaskoczony tym, co usłyszał. Nazwy wysp nic mu nie mówiły.

– Tak właśnie myślano!

Wielki Mistrz powstał i przywołał celebrusa. – Za dzień, dwa Sork dotrze na Rok. Opasa ją cielskiem i zmiażdży w uścisku. Potem zagrozi wyspie Hver i Mu! A to oznacza, że nie macie czasu. Chyba że...

Wilkomag mówił spokojnie jak szachista przewidujący ruchy przeciwnika.

– Że co? – wykrzyknęli oboje.

– Że plan arcymaga się powiedzie. Jeśli zatrzymamy go wpół drogi, wtedy nikt i nic nie ucierpi.

Moc Sorka rośnie, gdy zamyka sploty, płynąc jest bezbronny, skazany na klęskę! Arcymag musi więc przekonać smoki!

– Do czego? Maledivius i królewskie smoki są przecież gotowe!

– Naprawdę? – Usta wilkomaga skrzywił cierpki grymas. – Gotowe przenieść nad ocean setkę wilkomagów?! Zapomnieć o tym? – jego wzrok spoczął na bitewnym fresku. – To nie takie proste, lecz kiedy się stanie, spuszczę swoje ogary!

Zabrzmiało to jak warunek. Wilkomag zamilkł, po chwili jednak dokończył. – Nie ma takich ran, które się nie zagoją, więc gdy krew przelana pójdzie w zapomnienie, będziemy tam, gdzie trzeba! Przekażcie to Altusowi. Ma moje słowo! A teraz wracajcie. Śmiało! Włos wam z głowy nie spadnie!

– Teraz? – powiedziała skonsternowana Kiona. – Jest noc! – Na myśl, że mają wędrować w ciemnościach, przez ziemię wilkomagów, ciarki przebiegły jej po plecach.

– Bez obawy! – mroczną twarz Mistrza rozjaśnił nagle uśmiech. – Tu, na lagunie, jest zupełnie inaczej. Czas to wahadło, płynie tak samo w jedną, jak i drugą stronę. Gdy opuścicie Ulme, wnet się przekonacie.

Celebrus towarzyszył im do zamkowej bramy. Gdy ją uchylili, ich oczy poraził słoneczny blask. Leżącą u ich stóp dolinę dławił wielki upał. Uciekając przed nim, zbiegli szybko po schodach.

– Co tak długo? – ziewnął wylegujący się na nadmorskim piasku Seniusz. – Nie zauważyliście? Coś się tutaj dzieje. Drży ziemia i rosną fale.

– Nie tylko tu – mruknął Dawid. Wdrapał się na smoka i podał rękę Kionie. – Pospiesz się! – ponaglił Seniusza. Powiedział to niepotrzebnie. Smok nie miał sobie równych, był najszybszym z błękitnych fervaksów. Bez specjalnej zachęty lubił ścigać się z czasem.

Rozdział dwudziesty drugi

SORK

– To nieuniknione! – Blizna na czole Altusa świeciła purpurą. Kto znał arcymaga, wiedział, co to znaczy. W takich chwilach nawet przyjaciele schodzili mu z drogi!

– Ten głupiec Frocynga rozpętał już piekło – powiedział, opanowując gniew. – Na oceanie podnosi się fala. To znak, że obudzono przeklętego Sorka.

– Głupiec? – odważyła się odezwać Flippa. – Jest sprytniejszy niż tysiąc hverskich lisów. Aż dziw, że piłuje gałąź, na której sam siedzi!

– Niech go pochłonie Ugala! – wsparty na lasce Krrol zaklął pod nosem. – Siedzimy na niej wszyscy! Trzeba być głupcem lub co lepsze martwym, aby się nie obawiać tego, co nam wszystkim grozi. Dobrze, że chociaż wilkomagi…

– Nie liczyłabym na to! – Flippa była pełna obaw. Jej wiara w pomoc smoków i podobnych im stworzeń była cieńsza niż pajęcza nitka. Nie tylko jej.

Miny czarodziejów Lio i Baliusza świadczyły o tym samym.

– Już są! – Drzwi otwarły się z hukiem i niczym przeciąg do komnaty wpadła Onia. – Są! – wrzasnęła, stając przed Altusem. – Widziałam Seniusza! Lądują!

– Dzięki, moja droga! – Siedzący za stołem arcymag uciszył ją gestem. – Cieszymy się z tobą! – Po czym się podniósł i ruszył ku wyjściu. Za nim podążyli inni.

– W samą porę. – Na widok lądującego smoka Flippa pociągnęła nosem. Nachyliła się do Altusa i dłuższą chwilę szeptała mu do ucha. Arcymag marszczył czoło, ściągał groźnie brwi, w końcu skinął głową.

– Udało się! – Krrol wyszczerzył zęby. – Widzicie! Zastawiła sidła i udało się.

– Sidła? – zdumiał się czarodziej Lio. – Na kogo?

– Na nich! – Krrol wskazał zbliżających się Kionę i Dawida. – Nie wypuści ich z kuchni! Nie ma o tym mowy! Mag z pustym żołądkiem wcale nie jest magiem! Co? – zaśmiał się w rękaw. – I skąd my to znamy?

Joanes Krrol jak zwykle miał rację. Po lekkim posiłku, który znając Flippę bardziej przypominał ucztę, Dawid i Kiona stawili się w Komnacie Ciszy. Arcymag słuchał ich relacji i zastanawiał się, co dalej? Było nad czym. Siedzący w milczeniu czarodzieje, członkowie Bractwa Szkarłatnych Liter, czekali na decyzję.

– Spuści wilki ze smyczy – to oznacza wojnę! – wzrok Altusa wędrował po skupionych twarzach. – Jeśli królewskie smoki przyjmą te warunki, uderzmy zaraz! Czy ktoś ma inne zdanie?

– A jeśli… jeśli nie przyjmą? – Mag Baliusz zaplótł palce w kruczoczarną, poskręcaną brodę. Z jego oczu wyzierała troska. Wyspa Rok jako pierwsza była narażona na okrutny atak. Sork, płynąc na północ, musiał się otrzeć o jej strome klify.

– W wojnach między smokami i wilkomagami rozlano morze krwi! Nie zapominajmy o tym!

– Tak było, Baliuszu – przytaknął mag Sylviusz – a skoro było… trzymajmy się prawdy! Minęło pół wieku, a może i więcej, jak między nimi zapanował pokój. Najlepiej zapytać o to władcę smoków. Bez wilkomagów i celebrusów… ta wojna będzie krwawa i może trwać wiecznie! Czy jest inne wyjście?

– Nie! – zgodził się z nim arcymag. – A zatem… zatem nie zwlekajmy! – sięgnął szybko po laskę i bez uprzedzenia zniknął nagle z oczu.

Tego dnia Dom Czarownic zamieniono w twierdzę. U jego podnóża jeden po drugim lądowały smoki. Najpierw eskorta Malediviusa, potem klucz tragarzy, którzy mieli na grzbietach przenieść wilkomagi, na końcu bojowe fervaksy. Podniecone smoki biły skrzydłami i puszczały dymy. Niektóre ćwiczyły ataki z powietrza, jeszcze inne z wody. Spokojna do tej pory wyspa Hver z chwili na chwilę coraz bardziej przypominała zbrojący się obóz.

Nikt nie próżnował. W kuchni z pomocą czarodziejek Flippa przyrządzała eliksir. Utłukła w moździerzu korzeń moczymordu, dodała końskiego zębu, parę kwiatów hibu i uwarzyła to w miedzianym kotle. Kiedy zaczął kipieć, rozlała napój do kamiennych kubków.

– Co to jest? – Dawid z obrzydzeniem odsunął naczynie. – Napój dla smoków? Czy musimy to wypić?

– Jak chcesz! – Ciemne policzki Flippy zabarwił rumieniec. – W przeciwieństwie do smoków nie nosisz pancerza, a w towarzystwie wilkomagów... kto wie, co się zdarzy!

– Daj spokój, Flippo, on tylko żartował – na pomoc Dawidowi pospieszył arcymag. – To napój mocy! – Altus podniósł kubek. – Wypijemy go wszyscy. I lepiej trzymać dziś nerwy na wodzy!

Flippa wzruszyła potężnymi ramionami. Burza została zażegnana.

– Ciekawe, czy takim świństwem pokonamy karła? – krzywiąc się, Dawid opróżnił swój kubek.

– Przestań! – obruszyła się Kiona. – To niesprawiedliwe. Teraz liczy się wszystko, najdrobniejsze zaklęcie, eliksir czy urok. Wilkomagi i smoki tego nie załatwią. Frocynga jest przebiegły, jeśli się pojawi, to z pewnością nie po to, by nadstawiać karku. Zna moc wilkomagów, nie zaryzykuje. Zwabić go może tylko zwój Gelona.

– Teraz, gdy obudził Sorka? Gdy sądzi, że zwycięstwo ma prawie w kieszeni!?

– Zwycięstwo? – Kiona spochmurniała. – Po takim zwycięstwie nic już nie zostanie! Na szczęście w zwoju Gelona są dwa tajne wersy i oba wspominają o Koronie Królów!

Dawid wytrzeszczył oczy. – Wersy... o Koronie Królów? Chyba oszalałaś! Czytałem zwój dokładnie! Chyba ze sto razy. Linijkę po linijce! Run za runem!

– I nie doczytałeś – głos Kiony brzmiał cicho, przepraszająco. – To nie twoja wina. Odkrył to przypadek. Zwój leżał przy świecy i gdy prawie płonął, dopiero wtedy zdradził tajemnicę.

Jej słowa docierały do Dawida, rozumiał je, a mimo to patrzył na Kionę z niedowierzaniem.

– Nie wpadłem na to! – wymamrotał.

– Nikt by nie wpadł! – pocieszyła go przyjaciółka. – Gelon zapisał informację białym atramentem, który dopiero pod wpływem ciepła zmienił kolor. Proste! Genialnie proste!

– Na pewno! Ale trzeba było arcymaga, żeby to wyjaśnić!

– Arcymaga? – Kiona wydęła usta. – Już ci mówiłam, to czysty przypadek! Gdybym nie położyła zwoju obok świecy, nikt by się nie dowiedział, gdzie ukryto klejnot!

– Tyyy? – W spojrzeniu Dawida błysnął podziw i zazdrość. Nie potrafił ukryć zaskoczenia. – Wiesz, gdzie jest korona?

Kiona skinęła głową. – Wiem. Tuż pod naszym nosem. Tak blisko, że bliżej się nie da! Była tam zawsze.

– Zamek Hoh! – jęknął Dawid. – To ją strzegą kleisty! – podskoczył do czarodziejki i zakręcił nią wkoło. – Znalazłaś! Super! – w jego głosie była tylko radość!

– Znaleźliśmy! – szepnęła zdyszana Kiona. – A teraz puszczaj! Puść mnie, wariacie!

– To ty znalazłaś!

– Nie! – zaprzeczyła stanowczo. – My! Oboje!

Maledivius nie odstępował arcymaga. Choć wszystko uzgodniono, wciąż dopytywał o różne szczegóły. Chciał znać liczbę wilkomagów, godzinę ataku, sposoby walki, położenie Sorka. Interesowała go pogoda, stan morza i wiatry.

Był doświadczonym władcą i walecznym smokiem. Bitwy o twierdzę Kaduk nauczyły go wiele. Tym razem jednak wszystko było inne. Strategia i umiejętności zdobyte podczas wojen z jednogłowym smokami mogły się oczywiście przydać, tyle tylko, że Sork nie zagrażał zamkom ani pojedynczym twierdzom. Sprawa była poważniejsza: chodziło o cały Archipelag. Poza tym obudzone przez Frocyngę zło nawet dla trzech głów Malediviusa było czymś niewyobrażalnym.

Altus miał tego świadomość. Odpowiadał więc na wszystkie pytania władcy. Krążył z nim między smokami, które z braku miejsca spod Domu Czarownic przeniosły się nad brzeg morza.

Arcymag od dawna znał królewskie smoki. Cenił je za waleczność i sztukę walki. Skutecznie używały magii, chociaż ich pazury, paszcze i płomienie siały wśród przeciwników nie mniejsze spustoszenie. Aby pokonać tak potężnego przeciwnika, należało jednak sprzymierzyć się z wilkomagami. Jedynie one posiadły zdolność pozbawienia Sorka energii.

Altus serio traktował przywiezione przez Dawida i Kionę obietnice Arcylupusa. Na dnie serca czaiła się wszakże obawa, czy ten sojusz nie okaże się zbyt kruchy, nie załamie się przy okazji jakiegoś drobnego incydentu. Cóż... wilkomagi na grzbietach smoków po tej samej stronie... dla jednych i drugich było to wyzwanie. Czy wspólne zagrożenie zatrze bolesną pamięć, dawną wrogość? Arcymag miał taką nadzieję.

Na wieść, że odnaleziono Koronę Królów, smok i czarodziej odetchnęli z ulgą. Skoro nie wpadł on w łapy czarnoksiężnika i moc klejnotu nadal drzemała w ruinach zamku Hoh, szanse w walce z Sorkiem i Frocyngą wzrosły. Choć sami nie mogli korzystać z mocy klejnotu, to jednak towarzyszyła im pewność, że czarnoksiężnik Frocynga również nie miał przewagi. Teraz wiele zależało od wilkomagów.

Gdy zapadł zmrok, arcymag dał znak Malediviusowi, by eskadra smoków-tragarzy ruszyła na lagunę. Jej zadaniem było jak najszybciej przenieść wilkomagi na Hver. Chociaż niektórzy uznaliby to za przesadną ostrożność, Altus wolał, żeby tej operacji towarzyszyła ciemność. Nie było bowiem pewności, czy jednogłowe smoki, odwieczni wrogowie królewskich, zachowają neutralność. Co prawda, powiadomiono je o zagrożeniu i niszczycielskiej mocy Sorka, to jednak wśród członków Bractwa Szkarłatnych Liter powszechnie panowało przekonanie, że czarnoksiężnik Frocynga uczyni wszystko, aby zniweczyć pokojowe starania Altusa.

Cokolwiek miało się jednak zdarzyć, o świcie, zgodnie ze starannie przemyślanym planem, połączone siły smoków, wilkomagów i czarodziejów powinny wyruszyć przeciwko Sorkowi. Ocean Tempus miał się stać świadkiem starcia, które liczni kronikarze opisali potem jako walkę dobra ze złem. Jedną z największych bitew na Archipelagu.

Rozdział dwudziesty trzeci

SMOCZA KREW

W dniu, który po latach okrzyknięto dniem chwały, wielka flotylla wzbiła się w powietrze. Już sam jej widok budził lęk i grozę. Klucz po kluczu, smok za smokiem, w kłębach dymu i buchających płomieni na rozkaz władcy Malediviusa uformowano trzy eskadry. Na początku fervaksy, za nimi tragarze i wilkomagi, na końcu królewskie smoki. Był to szyk bojowy zgodny z przyjętą strategią. W innych okolicznościach na czele smoków leciałby Maledivius.

Z czasu podróży w przeszłość, z pobytu na dworze władcy Drago czarodziej Dawid doskonale pamiętał, że smoki rygorystycznie przestrzegały ustanowionego przez wieki porządku.

Niebo było błękitne, do czysta wymiecione z chmur. Najmniejszy obłok nie zakłócał widoczności. Słońce złociło łuski smoków, a ich skrzydła miarowo cięły przestrzeń. Ten rytm zdawał się usypiać wilkomagi. Mrużyły oczy, jakby rzeczywiście zapadały w drzemkę. Jakby to nie była niebezpieczna wyprawa, tylko zwykła, najzwyklejsza podróż!

– Co z nimi? – Dawid zamienił spojrzenie z arcymagiem.

– Nic! – Kiona uprzedziła ojca. Cała trójka wygodnie usadowiona za potężnymi skrzydłami Malediviusa z uwagą obserwowała wilkomagi. – Nie lubią światła. Ich oczy są przyzwyczajone do półmroku. Najlepiej widzą jednak w ciemności.

– Jak więc zamierzają... niby jak zaatakują Sorka? Mamy czekać z tym do wieczora?

– Nic podobnego! – Altus uspokajająco poklepał Dawida po ramieniu. – Nawet w najjaśniejszy dzień odnajdą go bez trudu. Wzrok służy im jedynie do badania przedmiotów i stworzeń niemagicznych. Wszystko, co ma związek z czarami, rozpoznają na odległość i bez żadnej trudności.

– Jak? – szczerze zdziwiła się Kiona.

– Dzięki trzeciemu oku!

Dawid podejrzliwie przyjrzał się arcymagowi. – Dodatkowe oko? Niczego takiego u nich nie widziałem!

– Ani ja! – poparła go Kiona.

– Bo jest ukryte! I na tym właśnie polega ich magia. – Altus podniósł rękę, pozdrawiając lecącego na grzbiecie Horaksa Wielkiego Mistrza. Arcylupus odpowiedział powściągliwym skinieniem głowy. Choć uczestników wyprawy zjednoczyła troska o Archipelag, wciąż jeszcze panowała między nimi nieufność.

Horaks, królewski brat Malediviusa, żeglował za eskadrą smoków-tragarzy dosiadanych przez wilkomagi. Z laguny przyleciał ich zaledwie tuzin. Dziwił też fakt, że nie było wśród nich ani jednego celebrusa. Ta zagadka wyjaśniła się jednak prędko. Celebrusy słynęły ze skutecznej walki wręcz. Do rozprawy z Sorkiem potrzebna była przede wszystkim magia i czary. Tym w znacznie większym stopniu dysponowały wilkomagi. Mimo to skromna liczba wilkomagów zaskoczyła wszystkich, nie wyłączając nawet samego Altusa. Spodziewano się znacznie większej drużyny.

Po rozmowie z Arcylupusem, który nie wyrażał żadnych obaw co do liczebności swoich wojowników, z konieczności uznano tę pomoc za wystarczającą. Kto i w jakim stopniu lepiej oceniał sytuację, miało się okazać już niebawem.

Patrolujące ocean fervaksy pierwsze dostrzegły pchaną przez potwora falę. Wysoki wał wody przemieszczał się w stronę wybrzeży Rok. Od wyspy leżącej dokładnie na szlaku Sorka dzieliło go już tylko kilkadziesiąt mil. Przy sprzyjającym wietrze trójmasztowy, wielki żaglowiec mógł pokonać tę odległość w parę godzin. Sork płynął znacznie szybciej. W tej sytuacji ocalenie Rok zależało jedynie od błyskawicznej i stanowczej interwencji połączonych sił smoków, wilkomagów i czarodziejów. Altus, Maledivius i Wielki Mistrz, cała dowodząca trójka, coraz bardziej zdawała sobie z tego sprawę. Natychmiast zwiększono więc prędkość lotu i zarządzono stan najwyższego pogotowia.

Odpowiedzialny za raporty zwiadowców Seniusz co kwadrans dostarczał nowych i niestety alarmujących wieści. Według najnowszych doniesień Sork okrążył już połowę wyspy Rok. Teraz nie płynął w jej kierunku, lecz usiłował zamknąć pierścień. Wokół skalistej wyspy zaciskały się mordercze sploty. Oprócz miażdżącego uścisku Sorka Rok zagrażała również wspomniana olbrzymia fala. Była tak ogromna, że bez trudu mogła łamać drzewa, burzyć domy i powracając, zabierać je do morza.

Wbijając wzrok w horyzont, lecieli nad Oceanem Tempus i coraz częściej do ich uszu docierały niepokojące odgłosy. Dawidowi przypominały pomruki zbliżającej się burzy. Pod nimi kłębiły się gnane szalonymi wiatrami fale. Bryzgi wody strzelały wysoko, jakby chciały dosięgnąć smoczych skrzydeł.

W pobliżu wyspy huk pękających i piętrzących się podmorskich skał był tak głośny, że porozumiewano się już tylko myślomową. Rok drżała w posadach. Chwiały się szczyty gór, a do oceanu niczym bystre rzeki spływały lawiny głazów i kamieni. Na szczęście po klęsce okrutnego księcia Hadara, po zburzeniu jego twierdzy, wyspa była słabo zaludniona i wszystkim towarzyszyła nadzieja, że jej mieszkańcy, w większości żeglarze i rybacy, w porę zdołali ją opuścić.

– Myślisz, że im się udało? – Dawid słuchał powtarzających się w myślomowie pytań do Baliusza. Pochodzący z Rok czarodziej nie miał jednak pocieszającej odpowiedzi.

– Jest! – Okrzyk lecącego na fervaksie Lio zelektryzował całą wyprawę. Czarodziej z Kifu skierował smoka w dół, nad długą, pienistą wstęgę. Ślad wił się wśród oceanicznych fal i zdawał się nie mieć końca.

– To Sork? – upewniała się Kiona. – Myślicie, że to on? Może to orchy?

– Sork! – zaryczał Maledivius. – To on! Mamy go! – Gwałtownie przechylił się na prawe skrzydło i śmignął nad falami.

Dawidowi zaparło dech. Wczepił się palcami w fałd skóry na karku smoka, z trudem odzyskując równowagę.

– Nie szalej! – wrzasnął i zaraz przeszedł na myślomowę, bo w panującym, straszliwym hałasie nikt by go nie zdołał usłyszeć.

Altus miał zamiar powiadomić wilkomagi, ale one także dostrzegły już Sorka. Widać było wśród nich poruszenie. Zapewne na ich żądanie smoki-tragarze obniżyły lot i sunęły teraz wzdłuż pieniącego się śladu. Był szeroki na kilkadziesiąt metrów i zbliżając się do wyspy, zakręcał jak rogal.

– Nie powinniśmy już atakować? – Dawid ściskał kurczowo laskę. Powtarzał w myślach zaklęcie *vis bellum,* obawiał się jednocześnie, że niewiele można nim dokonać, mierząc się z tak potwornym przeciwnikiem.

– Najpierw wilkomagi. – Arcymag był spokojny, jakby to nie była bitwa, lecz poobiednia gra w szachy. – Muszą go obezwładnić i choć w części pozbawić mocy. Jeśli mamy wyjść z tego cało, trzymajmy się planu! Potem się zobaczy!

– Potem my! – w głosie Malediviusa czuło się podniecenie. Smocza krew zawrzała w jego żyłach.

– Boisz się? – Dawid zerknął na pobladłą twarz Kiony. Spodziewał się zaprzeczenia, ale czarodziejka kiwnęła głową.

– Ja też! – mruknął, zaskoczony jej szczerością. Wytarł spoconą dłoń w pelerynę i starając się, żeby zabrzmiało to przekonująco, dodał: – Ale pokonamy go! Patrz! – Pociągnął ją za rękę. – Patrz! Zaczęło się!

Smoki-tragarze, ciężko pracując skrzydłami, usiłowały utrzymać się w powietrzu nad wielką falą. Podmuchy wiatru na przemian wynosiły smoki to w górę, to znów ciskały je niemal w kipiącą otchłań wody.

– Co się dzieje? – w myślomowie dał się słyszeć okrzyk maga Sylviusza. Zaraz po nim rozległy się inne głosy:

– Powariowali!

– Zamierzają wodować?

– To samobójstwo!

– Potopią się!

– Spokojnie! – słowa arcymaga nie zdradzały niepokoju. – Poradzą sobie! – Altus w milczeniu przyglądał się smoczym manewrom. Nie zważając na ryzyko zderzenia z gigantycznymi falami, smoki-tragarze musnęły skrzydłami wodę. Wilkomagi tylko na to czekały. Jeden po drugim zanurkowały i przepadły w niebezpiecznej kipieli.

– Po nich! – Kiona boleśnie wbiła palce w ramię Dawida. Nie poczuł tego, bo przed ich oczami działo się coś niesamowitego. Wał wody przełamywał się, otwierał jak rozcięty mieczem. Morze rozstępowało się, ukazując morskie dno. Nieco dalej, wokół miejsca, gdzie znikły wilkomagi, fala klęsła, stawała się płaska, pozbawiona siły.

– Dobra robota! – ryknął z podziwem Maledivius. – Dopadły go! To koniec!

– Nie sądzę! – W nagle zapadłej ciszy arcymag pochylił się do ucha smoka. – Trzeba kilkakrotnie ponowić ten atak. Każ tragarzom podnieść wilkomagi z wody. Szybko! Jeśli Sork zanurzy się głębiej, wszystko na nic – ani wilkomagi, ani smoki go nie dosięgną.

– Zamierzacie go poszatkować?! – zdumiał się Maledivius.

– I spalić! Gdy wilkomagi zrobią swoje, natychmiast zaczynajcie! Sork to stwór magiczny, nie uśmiercimy go, ale zmusimy do odwrotu! – Spojrzenie Altusa było twarde jak kamień. Nikt, nawet władca smoków nie próbował z nim dyskutować, bez wahania wykonał polecenie.

Rozdział dwudziesty czwarty

VIS BELLUM

Niczym ratunkowe szalupy smoki przysiadły na falach. Wilkomagi wspięły się na nie tak zręcznie, jakby nigdy niczego innego nie robiły. W parę sekund potem były znów w powietrzu.

– A teraz *petrifico*! – Altus skierował laskę ku wodnej rozpadlinie. Jej ściany przeciekały. Lada chwila mogły się zamknąć. Widać było, że czar wilkomagów wyraźnie słabnie.

– Razem! – Na komendę Altusa czarodzieje równocześnie rzucili zaklęcie. Potrójny czar umocnił dzieło wilkomagów. Wszyscy jednak zdawali sobie sprawę, że nie potrwa to długo.

– Czas na ciebie! – arcymag zabębnił laską w łuski Malediviusa. – Pokażcie, co potraficie! Atakujcie do czasu, aż wilkomagi nie uporają się z kolejnym zadaniem. Krrol, Baliusz i Lio utrzymają rozpadlinę do chwili, gdy przyjdzie kolej na Horaksa. Arcylupus też zadba o swoich!

– A co z wami?

– Jeśli obejdzie się bez akrobacji, bez latania na plecach, jakoś się utrzymamy! – Zapewnienie arcymaga nie przekonało Dawida i Kiony. Wcale nie mieli takiej pewności.

– W porządku! – Trzy głowy Malediviusa parokrotnie zakręciły w powietrzu młyńca. Był to sygnał dla Seniusza i dwóch innych fervaksów. Błyskawicznie zbliżyły się do władcy i po chwili cała czwórka zawisła nad rozpadliną. Dym i płomienie buchnęły z paszczy smoków. Z wodnych ścian uniosły się obłoki pary. Gdy się rozwiały, na dnie zdawałoby się pustego rowu skwierczało przezroczyste, galaretowate cielsko. Raz po raz z hukiem odrywały się od niego wypełnione ohydnym śluzem bańki.

– Witamy w piekle! – Rozgrzany walką Maledivius zaczerpnął głęboko powietrza. Rozpostarł szeroko skrzydła i sporo ryzykując, oparł się o brzegi rozpadliny. Jego płomienie wgryzały się w ledwo widoczne cielsko. Kiedy zabrakło mu tchu, zastąpiły go fervaksy. Jeden z nich, usiłując powtórzyć manewr władcy, omal nie przypłacił tego życiem.

Sork podźwignął spalony korpus, wypuścił grubą jak drzewo mackę i przyssał się do smoczego skrzydła. W mgnieniu oka atakujący fervaks przemienił się w ofiarę.

– *Vis bellum!* – Z laski arcymaga poszybowała złota magiczna włócznia. Przeszyła mackę.

– *Vis bellum! Vis bellum!* – Dwie strzały Dawida wyprzedziły kolejną włócznię Altusa. Aż po bełt ugrzęzły w galaretowatym celu. Po kilku trafieniach macka zwiotczała i rozpaczliwie walczący fervaks, utraciwszy spory płat skrzydła, z bolesnym rykiem uniósł się nad morze.

– Wyliże się! – Rzutem oka Altus ocenił chwiejny lot smoka i natychmiast jego uwagę przyciągnęły strzelające z morza pióropusze pary. Dwie mile od nich, na wysokości skalnego cypla, znowu rozpoczynała się walka. Horaks i jego stado zaciekle atakowały Sorka.

– Zabrali się do roboty! – zadudnił Maledivius. – To znaczy, że wilkomagi się spisały, że Horaks wierci mu dziurę w brzuchu. Sądzicie, że to wystarczy?

– To się okaże!

– Okaże?! – Maledivius nie spodziewał się takiej odpowiedzi. – Myślicie, że Sork... że po tym wszystkim... – Władca smoków zerknął w stronę wypełniającej się wodą rozpadliny. – ...że odzyska siły?

– Oczywiście! – Arcymag nie miał wątpliwości. – Tyle tylko, że na razie energia potrzebna mu będzie do ocalenia własnej skóry!

– A niech to! – Dawid aż się zakrztusił. – To proste! – przemknęło mu przez głowę. – Najlepsze są proste pomysły! Plan arcymaga polega na osłabieniu Sorka! To jedyny skuteczny sposób, aby zmusić go do odwrotu. Będzie lizał rany zamiast atakować. Na nic innego nie starczy mu siły!

– Przechytrzyłeś go! – triumfalnie zaryczał Maledivius. Odwrócił środkową głowę i wlepił wzrok w arcymaga. – Udało się! – Zatoczył koło nad zamykającymi się falami i na pożegnanie raz jeszcze dmuchnął ogniem. Fervaksy uznały to za milczący rozkaz i uczyniły to samo. Woda oceanu zagotowała się, bulgotała długo nawet wtedy, gdy smoki były już daleko.

Kiona nie odrywała wzroku od wyspy. Nie miała nic do roboty, ranny smok jakoś sobie radził. W czasie bitwy nie sposób było go opatrzyć. Altus zgodził się na jej udział w wyprawie wyłącznie w charakterze uzdrowicielki. Flippa, Onia i jej siostra pozostały w pogotowiu na Hverze. Ich zadaniem było czuwanie nad rannymi, przygotowanie ziół, magicznych leków i opatrunków. Na razie ta pomoc nie była jednak potrzebna. Ze strony wilkomagów i smoków bitwa toczyła się niemal bez strat.

Tymczasem w dole, pod skrzydłami Malediviusa eskadra Horaksa siała spustoszenie! Wyłowiono z wody wilkomagi i po zabezpieczeniu czarem *petrifico* wodnej rozpadliny smoki ziały ogniem, bezlitośnie przysmażając Sorka. Ciskane z lasek Sylviusza, Lio i Baliusza zaklęcia *vis bellum* dopełniały dzieła zniszczenia. Włócznie i strzały dziurawiły cielsko potwora, odbierając mu moc i ochotę do walki. Z wielkiej fali, zupełnie pozbawionej energii przez drużynę Arcylupusa, nie pozostało wiele. Do brzegu wyspy docierały płaskie, ledwo widoczne zmarszczki wody.

– Nieźle im idzie! – Arcymag z uznaniem ocenił skutki prowadzonych przez Horaksa i Arcylupusa ataków.

– Nieźle? To nie potrwa już długo! – Maledivius gotów był odtrąbić zwycięstwo. To, co roztaczało się przed ich oczami, rzeczywiście wskazywało na początek końca. Altus wolał jednak zachować ostrożność. Aby mieć pewność i zmusić Sorka do odwrotu, uważał, że należy ponowić atak na zachodnim krańcu wyspy. O słuszności tej decyzji przekonywały go zarówno potężne eksplozje, jak i widoczne gołym okiem drgania górskich szczytów. Zraniony, pozbawiony części mocy Sork nie miał zamiaru się poddać – walczył.

Arcymag dał znak Malediviusowi. Smok nie spieszył się, wykręcił ósemkę nad pobojowiskiem i ruszył ku zachodzącemu słońcu. Kionę i Dawida poraził blask. Zmrużyli oczy, a gdy je otwarli, ujrzeli coś, co zjeżyło im włosy na głowach. Na tle złotej tarczy przemieszczało się kilkanaście ciemnych punktów.

– *Acomodatio!* – Kiona pierwsza użyła zaklęcia. Działający jak luneta czar natychmiast przybliżył obraz. Przed jej nosem uwijało się stado jednogłowych smoków. Zionęły ogniem, pikowały w morze, podrywały się i znów uderzały. – To nie może być prawda – jęknęła.

– Ale jest! – sucho stwierdził Altus. Aby dostrzec to samo, co Dawid i Kiona, nie potrzebował *acomodatio*. – To jednogłowe! Wygląda, że i one... że atakują Sorka!

– Niesamowite! – Na twarzy Dawida pojawiło się bezbrzeżne zdumienie. – Zawarły z królewskimi pokój? Wiecie coś o tym?

Jednogłowe?! – Maledivius z wrażenia aż zawisł w powietrzu. – Jednogłowe? Pokój? Na złotego smoka! Nic mi nie wiadomo! – Prychnął dymem i aby nie opaść w dół, parokrotnie machnął skrzydłami.

Zaniepokojone zachowaniem władcy fervaksy błyskawicznie otoczyły go kołem.

– Coś nie tak? – Seniusz rzucił pytające spojrzenie Dawidowi.

– Przeciwnie! Jednogłowe odwalają za nas robotę. Wykańczają Sorka!

– Bez wilkomagów? – ryknął Maledivius. Widać było, że bardziej interesuje go sposób walki niż sam fakt, że jednogłowe stanęły po ich stronie.

– Bez! – Arcymag na chwilę oderwał spojrzenie od horyzontu. – Nie są im potrzebne. Osłabiony Sork wypłynął na powierzchnię.

Wywód arcymaga przerwał potężny huk.

– A to co znowu? – Maledivius był wyraźnie zbity z tropu.

– Nic! – odparł Altus. – Chyba nie sądzicie, że potwór podda się bez walki. Teraz to jednak zmartwienie jednogłowych! Poradzą sobie! Nie powinniśmy wchodzić im w paradę. Sork zagraża wszystkim. Smokom królewskim, jednogłowym, wilkomagom, czarodziejom i zwykłym ludziom… jeszcze nie rozumiecie? Wszystkim!

– Więc to pokój?

– Jeszcze nie! Co najwyżej rozejm! Ale na początek… dobre i to! Frocynga i jego dzieło, szalony plan zniszczenia Archipelagu zjednoczyły nawet odwiecznych wrogów. Po wilkomagach przyszła kolej na jednogłowe. Dotarło do nich, że nie wszystko nas dzieli. Lepiej późno niż wcale! A teraz wracajmy, ruszaj Malediviusie. Przed nami długa droga!

– Na Hver?

– Na Hver, wyspę Mu... każdy w swoją stronę!

– Więc to już koniec? – wyrwało się Dawidowi. – Koniec bitwy?

– Koniec! To magia, a nie rzeźnia. – Napięta, zmęczona twarz arcymaga złagodniała. Pojawił się na niej dawno niewidziany uśmiech. – Bitwy tak! I mam nadzieję, że również początek! Jeśli zwój mówił prawdę, czeka nas...

– Złoty Wiek! Przepowiednia Gelona – wyszeptała Kiona. – Po bitwie nastanie Złoty Wiek! Bez wojen i sporów! Czy to możliwe?

– Możliwe! – Altus skinął córce głową. – Wiele jednak zależy od nas. Od wszystkich. Bardzo wiele!

Najdziwniejsza, bezkrwawa wojna na Archipelagu, jeśli nie liczyć kilkunastu złamań, oparzeń i ran, zakończyła się o zmierzchu. Smoki-tragarze przeniosły Arcylupusa i wilkomagi na lagunę i odleciały tak szybko, jak tylko było to możliwe. Na wyspie Rok pozostały jedynie smoki jednogłowe. Ich atak na Sorka był ostatnim aktem tej bitwy. Bitwy, która ocaliła Archipelag i choć nie do końca zasypała dawne przepaście, sporo jednak zmieniła.

Dawid zastanawiał się nad tym, przewracając się w łóżku. Obrazy walki nie pozwalały mu zasnąć. Tak wielkie zło, jakie zamierzył Frocynga, niespodziewanie przemieniło się w dobro. Zwaśnione, wojujące wilkomagi, jednogłowe smoki, Maledivius i Sork, wszystko to długo kłębiło się w głowie Dawida, aż w końcu najłagodniejszy z magów – Sen skleił mu powieki.

Rozdział dwudziesty piąty

KORONA KRÓLÓW

Każdego dnia strażnicy wypatrywali królewskich smoków. Zgodnie z życzeniem arcymaga przylecieć miała ich jedynie trójka: Maledivius, Horaks i Seniusz. Chodziło o to, by nie wywołać paniki. Niedawne zdarzenia na Archipelagu wystawiły na nie lada próbę nerwy mieszkańców wszystkich wysp. Każde niespodziewane pojawienie się, zwłaszcza liczniejszej, ekipy smoków z łatwością mogło być wzięte za atak.

Miasto i wyspa Mu nie były pod tym względem wyjątkiem. Choć i tu dotarły wieści o zdumiewającym zachowaniu smoków jednogłowych, o niepisanym pokoju, to jednak nie były w stanie przekreślić wieloletniego zagrożenia. Poza tym wciąż jeszcze niewiadomą był czarnoksiężnik Frocynga. Mimo pomocy wilkomagów, które przetrząsnęły wyspy Rok i Pont, nigdzie nie natrafiono na ślady jego pobytu.

– Zaszył się jak śmierdziel w norze – opinię Flippy, choć daleką od poetyckiej subtelności, podzielało jednak wielu czarodziejów. Joanes Krrol uważał, że ze względu na niezliczoną ilość jaskiń na Archipelagu wytropienie czarnoksiężnika może potrwać nawet lata!

Co prawda z portowych tawern dochodziły czasem wieści, że pomiędzy Hverem i wybrzeżem Rok widziano samotną, unoszącą się ponad falami łódkę z czarnoksiężnikiem na pokładzie, lecz nikt w Domu Magów nie dawał temu wiary. Przeprawiający się przez Ocean Tempus czarnoksiężnik stałby się bowiem łatwym łupem królewskich smoków. Maledivius i jego drużyna nie przepuściliby takiej okazji. Na to karzeł Frocynga był jednak zbyt przebiegły.

Garbusa widywać miano także w mieście Mu i pod nosem smoków w twierdzy Kaduk. Arcymag Altus puszczał te sensacje mimo uszu. Zajmowały go sprawy znacznie większej wagi. W uzgodnieniu z władcą królewskich smoków, Malediviusem należało ostatecznie wyjaśnić tajemnicę Korony Królów. W przypadku jej odnalezienia miała ona trafić do skarbca w Kaduku. Brano także pod uwagę propozycję arcymaga Altusa, aby wraz z Toporem z Ans i Talizmanem, Korona Królów (całość tworzyła Wielką Triadę) znalazła schronienie w Domu Magów. Zaletą tej propozycji było i to, że magiczny klejnot, pozostając pod pieczą arcymaga, nie dawałby przewagi ani królewskim, ani jednogłowym smokom, co mogło zapobiec dalszym ewentualnym sporom czy nawet wojnom.

Dawida i Kionę kusiło, by natychmiast po powrocie do miasta Mu udać się do zamku Hoh i przekopać jego ruiny. Oboje wiedzieli, gdzie znajdują się wejścia, mieli też nadzieję, że podziemne lochy okażą się na tyle bezpieczne, żeby podjąć w nich poszukiwania. Surowe polecenie arcymaga powstrzymywało jednak ich zapędy. Chociaż niepokój Altusa budziły kleisty, to znacznie większą obawą napawał go *potrójny supleks*. Zaklęcie Earna, które uwięziło przywwry w podziemiach, wciąż jeszcze mogło posiadać moc. Nikt nie miał pewności, czy i w jaki sposób może ono zagrażać śmiałkom przetrząsającym podziemia.

Sylviusz, Joanes Krrol i Baliusz, najstarsi magowie Bractwa Szkarłatnych Liter, od paru dni wertowali wiekowe księgi, poszukując skutecznego przeciwzaklęcia. *Potrójny supleks* rzucony przez Earna opierał się bowiem takim czarom, jak *neutrum* czy *dekapito!*

Również Dawid i Kiona na własną rękę szperali w prywatnej bibliotece Altusa. Niestety, wśród setek spisanych zaklęć nie było tego, którego szukali. I kto wie, jak długo by to trwało, jak długo czekano by na rozstrzygnięcie, gdyby nie przypadek.

Pewnego dnia zniechęcony Dawid wrócił do komnaty. Opadł na zydel i burknąwszy coś o braku sensu, wbił spojrzenie w ścianę.

Drzemiący na portrecie mag Platus otworzył oko.

– Słyszałeś, Redigusie? – Szturchnął pochrapującego

obok przyjaciela. – Bez sensu, wszystko bez sensu! To nie to, co w naszych czasach!

– Nie wszystko – warknął rozzłoszczony Dawid.

– Nie? – Redigus złapał się ramy i przeciągnął, aż zatrzeszczały mu kości. – Więc co? Na przykład, co?

– Szukanie przeciwzaklęcia.

– Ach tak! – Aby się upewnić, czy dobrze usłyszał, Nikodem Platus wetknął palec w ucho. Dłubał w nim przez chwilę, a potem wychrypiał: – Niby jakiego? Jakiego niby? – W jego pytaniach czaiła się inkwizytorska ciekawość.

– Przeciwko zaklęciu Earna!

– Masz na myśli *supleks, major supleks?* – zagrzmiał Redigus Helm. – A może *minor*? I obaj magowie wybuchnęli śmiechem.

– To rze... czy... wiście... khe... khe... – rozkaszlał się Helm – bez sensu! Na dwoje babka wróżyła!

– On myśli... – Nikodem Platus ocierał wyciskane śmiechem łzy – ...że jest jeden *supleks*... że można go... powiedz mu, Redigusie, tobie prędzej uwierzy! Jeśli Earn użył *supleks major* i powtórzył trzy razy, nie ma na to rady! Takie zaklęcie może trwać nawet wiecznie!

– Jak więc to sprawdzić... jak się dostać do zamku Hoh?

– Zwyczajnie! Poprosić o to smoki! – Z twarzy Helma zniknął wreszcie uśmiech. – Zaklęcie Earna nie działa na smoki, a w każdym razie nie uczyni im krzywdy. Co innego czarodziejom. To jedyne bezpieczne rozwiązanie! Poza tym kleisty… jeśli przetrwały, nadal stanowią zagrożenie. Po co ryzykować?

– Mamy się wyręczać smokami? Czy tak? – zaperzył się Dawid. – Chcecie mnie wystraszyć?

– Wystraszyć? Co za bzdura! – Platus wytrzeszczył oczy. – Korona Królów to klejnot chryzoponidów, żeby ją wydobyć z podziemi, Maledivius nie potrzebuje czarodziejów. Wystarczy, że zna miejsce! Byłbym zdziwiony, gdyby było inaczej. O ile znam królewskie smoki, tak się to odbędzie! Zapytaj Altusa! To postanowione! Nie pozwoli wam nadstawiać karku!

Słowa Helma zabrzmiały jak wyrok. Teraz, kiedy odnalazł zwój Gelona, po tylu wysiłkach i wyrzeczeniach ktoś inny odnajdzie Koronę Królów. Dawid odczuwał to jako niesprawiedliwość. Z ponurą miną ruszył do arcymaga. Po kilku krokach zmienił jednak zdanie. Postanowił najpierw naradzić się z Kioną. Godzinę później, po burzliwej rozmowie, oboje zapukali do drzwi arcymaga. Przyjął ich życzliwie, mimo to stanowczo zabronił zbliżać się do ruin. Okazał się głuchy zarówno na ich prośby, jak i argumenty.

– To koniec misji – oznajmił krótko – reszta należy do smoków!

Przygnębiony Dawid powlókł się do komnaty. Ledwo przekroczył próg, Redigus Helm wychylił się z ramy. – I co? – zapytał.

– Nic! – Dawid mruknął łamiącym się głosem. – Teraz to sprawa smoków!

– A nie mówiłem?

Dawid spiorunował wzrokiem magów i z rozmachem rzucił się na łóżko. Przykrył głowę kocem. Pod powiekami kręciły mu się łzy. Za żadne skarby nie chciał, aby ktoś to zobaczył.

Choć rozumiał decyzję Altusa, było mu ogromnie przykro.

Uzależnione od obecności Malediviusa otwarcie lochów przeciągało się. Niecierpliwie czekano na jego przybycie. Niestety, po bitwie z Sorkiem Archipelag nawiedziły huragany i ulewne deszcze. Tak zła pogoda uniemożliwiała smokom przelot nad Oceanem Tempus. O tej porze roku były to zjawiska niespotykane, nic zatem dziwnego, że wielu czarodziejów dopatrywało się w tym magicznych interwencji Frocyngi. Od pamiętnego spotkania w przeszłości w komnacie alchemika Dawid nie zetknął się z nim więcej. Nie wątpił jednak, że mimo klęski Sorka i pokrzyżowanych planów karzeł nie ustanie w próbach zdobycia magicznej i rzeczywistej władzy na Archipelagu. W murach Domu Magów jednak nic nikomu nie groziło. Do miasta Mu powoli wracał spokój.

Kapryśne lato odchodziło już za mglisty horyzont, gdy wreszcie nad wyspę nadleciały smoki.

– Są!

– Lecą!

– Szybują!

Na południowych murach, skąd doskonale widać zamek Hoh, jak spod ziemi wyrośli gapie. Z każdą chwilą ich przybywało. Tłum gęstniał i w milczeniu przypatrywał się lądującym smokom. Z rozkazu Altusa zamknięto miejskie bramy, nie pozwalając nikomu opuścić miasta. Tak surowe środki ostrożności podyktowane były obawą przed jakimś niespodziewanym uwalnianiem się magicznych mocy. Pod tym względem ruiny zamku Hoh stanowiły prawdziwą zagadkę. Na wszelki wypadek Altus rzucił również zaklęcie *glasium.* Niczym szyba oddzielało ono miasto od zamku. *Glasium,* rzadko stosowany czar, chronił przed innymi zaklęciami, jego działanie było jednak krótkotrwałe i nie do końca zapewniało bezpieczeństwo.

Smoki ostro zabrały się do roboty. Potężne łapy rozgarniały darń, obnażały zmurszałe resztki murów. Po paru minutach rudy, ceglasty pył grubą warstwą pokrył im skrzydła i łuski. Horaks pierwszy dotarł do zasypanego tunelu. Zamachał skrzydłami, wzbijając obłoki kurzu. Wetknął głowy w ziejący czernią otwór, wczołgał się do połowy i utknął.

Tłum jęknął. Szamoczący się smok bezradnie wymachiwał ogonem, sprawiając wrażenie walczącego z niewidzialnym przeciwnikiem.

– Kleisty! – szepnęła Kiona. – Więc jednak... przetrwały!

– Albo *supleks?* – Dawid gotów był przyznać rację Redigusowi. Nie należało lekceważyć tego zaklęcia.

– Ani jedno, ani drugie! – Joanes Krrol poprawił opaskę na oku. – To tylko tunel! Nie widzicie? Jest za wąski!

– Albo smok za gruby! – nie bez złośliwości dorzuciła Flippa.

Mieli rację. Maledivius i Seniusz pospieszyli smokowi z pomocą. Pociągnęli raz, drugi i ryzykując urwanie ogona, wyszarpnęli Horaksa z pułapki.

– I co? – Maledivius niecierpliwie przyglądał się bratu.

Kichając i prychając, Horaks potrząsał głowami, mówiąc: – To na nic. Szkoda gadać! Jest ciasno i tylko ciasno! Nie da rady się wślizgnąć. Chyba że… – Smok obrócił się ku murom miejskim. Bez trudu odnalazł drobną postać czarodzieja. Maledivius podążył za jego wzrokiem.

Dawid znał to spojrzenie. I nie tylko on!

– To szaleństwo! – Dłoń Kiony odnalazła jego rękę. – Te lochy są niebezpieczne! Chyba nie masz zamiaru…?

– Nie wiem – pomyślał. Słowa, które padły z jego ust, brzmiały jednak inaczej. – Ktoś przecież musi, musi to zrobić! Zbyt długo jej szukaliśmy! Jeśli teraz nie znajdziemy korony, to kiedy?

Kiona bez słowa opuściła głowę. Widać było, jak drżą jej wargi.

Dawid stąpał ostrożnie. Świetlik laski ledwo rozjaśniał mrok. Z solidnego niegdyś sklepienia groźnie zwisały głazy i z szelestem osypywał się piasek. Choć nie zagrażały mu kleisty (nim pozwolono mu wejść do lochów, Altus długo krążył po ruinach z wykrywaczem czarów), Dawid zachowywał daleko idącą czujność.

W głębi duszy miał nadzieję i bardzo tego pragnął, żeby kleisty i *supleks* były jedynie wymysłem, legendą mającą odstraszać poszukiwaczy skarbów i zwykłych rabusiów.

Rozum podpowiadał mu jednak, że sama legenda nie była w stanie ochronić podziemi. Z pewnością więc użyto czarów. Earn mógł posłużyć się słabszym zaklęciem. *Minor supleks* w zupełności wystarczał, aby zniszczyć przywry, a potem jak wszystkie czary stracić swoją moc. Czyżby więc magowie Helm i Platus mieli rację?

Korytarz, którym się posuwał, był nie tylko wąski. Dawid szorował głową o sklepienie, co chwila ścierając z twarzy obrzydliwe, mocne jak sznurki pajęczyny. Fakt, że żyją tu pająki, nieco go uspokoił. W sąsiedztwie kleist nie przetrwałoby żadne żywe stworzenie. Nic też nie wskazywało na działanie niezniszczalnego zaklęcia Earna.

Oprócz laski Dawid miał przy sobie także busolę. Na jej tarczy widniała jednak tylko nazwa zamku Hoh. Czarodziej nie spodziewał się, że magiczne urządzenie pokaże mu dokładnie miejsce ukrycia Korony Królów. Liczył jednak na to, że posiadający moc klejnot choćby najsłabszym sygnałem pozwoli na odnalezienie go.

Dzięki wykrywaczowi czarów, jeszcze na powierzchni ruin, Altusowi udało się wychwycić jakiś pulsujący, magiczny punkt. Niestety, pod ziemią, w plątaninie walących się korytarzy okazało się to mało przydatne, przypominało szukanie igły w stogu siana. W tej sytuacji Dawid skazany był wyłącznie na siebie.

Pokonując na kolanach wyjątkowo dobrze zachowany korytarz – ta część zamkowych podziemi wykonana była z litych kamiennych ciosów – dotarł do małej komory. Była na tyle wysoka, że mógł się wyprostować. Zwiększył światło, rozejrzał się po wnętrzu i osłupiał. W kamiennym bloku połyskiwały metalowe drzwiczki. Ich środek zamykała trójkątna pieczęć.

Dawid przybliżył do niej świetlik i omal nie zemdlał. Znał tę pieczęć! Widział ją wiele razy. Skrzyżowana laska i tiara były znakiem Earna. Jej odcisk widniał na licznych skryptach i dokumentach.

– A jednak! Earn i Korona Królów? – Z niedowierzaniem zbliżył się do ściany. Kto mógł wpaść na ten pomysł? Zwariowana układanka. Earn pokonujący przywry, pieczętujący skrytkę?! – Jeszcze bardziej wzmocnił świetlik i ostrożnie dotknął pieczęci. Jeśli była to rzeczywiście skrytka, należało ją jakoś otworzyć. Pieczęć nawet nie drgnęła. Najdelikatniej jak potrafił, Dawid obwiódł palcami krawędzie drzwiczek. Szukał zapadki, zamka, czegoś, co pozwoliłoby je chociaż uchylić. Niestety, skrytka nadal broniła swojej tajemnicy.

– To byłoby zbyt proste! – powiedział głośno, tak głośno, że echo powtórzyło jego słowa. Zanim umilkły, umysł Dawida przeszyła niesamowita myśl. – Zaklęcie, zaklęcie Earna! Może to jest klucz? Musi go użyć. Jeżeli to zrobi, albo zginie, albo zdobędzie koronę. Jeśli zaryzykuje... jeśli będzie miał szczęście... Postąpił pół kroku i położył dłoń na pieczęci. Jego serce galopowało, jakby je ktoś ścigał. Uciekało przed lękiem, przed obawą, że zginie. Z trudem opanował drżenie głosu i powoli trzykrotnie wymówił zaklęcie *minor supleks.*

Drzwiczki szczęknęły i uchyliły się. W niewielkiej, wymoszczonej złotogłowiem skrytce rubinowo płonęła Korona Królów.

Reszta była jak sen. Dawid nie pamiętał, jak wydostał się z mroku, jak uniosły go ręce, potem smocze skrzydła. Zapomniał o Sorku i czarnoksiężniku, o niebezpieczeństwach i bitwach. Wokół niego była tylko radość, a obok jaśniejszy od słońca blask znajomych oczu czarodziejki.

Z KRONIKI SMOKÓW

Po szczęśliwym odnalezieniu Korony Królów bezcenny klejnot spoczął bezpiecznie w skarbcu Domu Magów na wyspie Mu. Dokonało się to za zgodą zarówno królewskich, jak i jednogłowych smoków. Po tym zdarzeniu na długie lata na Archipelagu zapanował pokój. Mimo usilnych poszukiwań, prowadzonych na Oceanie Tempus i wszystkich wyspach Archipelagu, nie odnaleziono czarnoksiężnika Frocyngi. Podejrzenie, że zginął on podczas próby użycia Sorka do zdobycia magicznej władzy nad światem, wydaje się wielce prawdopodobne. Bardowie składający rymy o czynach czarodziejów, smoków i wilkomagów właśnie takie świadectwo dają temu w swych pieśniach.

SMOKI
i
magiczne stwory

Arcylupus – Władca i Wielki Mistrz wilkomagów. Uczestnik zwycięskiej bitwy z Sorkiem. Był jednym z pierwszych, którzy zrozumieli potrzebę pokoju na Archipelagu. Od wieków ośrodkiem dziedzicznej władzy Arcylupusów była Ulma, chroniona magią twierdza w górskim paśmie Laguny.

Celebrus – Magiczny stwór będący efektem skrzyżowania wilkołaka z wilkomagiem. Dzięki temu celebrusy uzyskały pewne zdolności magiczne. Ich wyjątkowa dzielność sprawiła, że celebrusy zaczęto wykorzystywać jako najemnych wojowników. W późniejszym czasie utworzono z nich stałą, wierną Arcylupusowi gwardię.

Chryzomon – Władca smoków królewskich. Przez współczesnych i historyków zwany też Drago. W czasie jego panowania ukryto przed jednogłowymi smokami Koronę Królów – magiczny klejnot. Na skutek wojennej zawieruchy próby odnalezienia go ciągnęły się, aż do panowania Malediviusa.

Chryzopatek – Jeden z kuzynów władcy smoków, Malediviusa. Zapamiętano go jako dzielnego smoka dokonującego śmiałych czynów w bitwie o twierdzę Kaduk. U boku królewskich smoków w walce z jednogłowymi i czarnoksiężnikiem Tiro stanęli czarodzieje sławnego Domu Magów.

Fervaksy – Jednogłowe smoki pozostające w służbie królewskich. Tworzyły dwie podstawowe formacje – błękitnych i czerwonych. Ubarwione na czerwono pełniły funkcje strażników i wojowników. Błękitne fervaksy spełniały zadania kurierów i zwiadowców. Wsławiły się w wielu bitwach, pościgach i niebezpiecznych wyprawach.

Gryfy – Stworzenia zaliczane do smoków. Odwieczni strażnicy skarbów i tajemnic. Dynastia chryzoponidów używała gryfów do ochrony skarbca w Kaduku. Wizerunki gryfów spotykano również na sekretnych dokumentach, między innymi na zwoju Gelona.

Harpie – Ćwierćsmoki zamieszkujące górzyste tereny Pontu. Należą do stworzeń drapieżnych. Ich ukąszenia są wyjątkowo bolesne i goją się długo. Atakują gromadnie, co sprawia, że nawet wielokrotnie większe zwierzęta wolą schodzić im z drogi.

Horaks – Smok z dynastii chryzoponidów. Brat Malediviusa. W przypadku śmierci aktualnego władcy przyszły monarcha. Uczestnik wielu bitew. Ciężko ranny zawdzięczał ocalenie czarodziejowi Dawidowi z wyspy Mu. Zaprzyjaźniony z magami z Mu i czarodziejkami z wyspy Hver. Jego uwolnienie się z niewoli u czarnoksiężnika Tiro opiewali wędrowni pieśniarze i poeci.

Kleisty – Stwory magiczne dysponujące prymitywną mocą. Ich właściwa, naukowa nazwa to przywry. Kleisty to twory bez świadomości atakujące wszystko, co żyje. W historii Archipelagu znane są liczne przypadki wykorzystywania kleist w walkach między smokami i czarodziejami. Jak dotąd za jedyną skuteczną obronę przed kleistami uważa się zaklęcie *supleks*.

Królobójcy – Jednogłowe, najemne smoki pochodzące z wyspy Rok. Przystosowane i ćwiczone do szczególnie trudnych zadań. Bezwzględne w walce. Jak wskazuje ich nazwa, używano ich do ataków na władców i przewodników smoczych klanów. Jako jedyne spośród smoków nie przyjęły i nie przestrzegają warunków zawartego pokoju. Ze względu na wrodzoną agresję nadal stanowią zagrożenie dla ludzi i magicznych stworzeń.

Maledivius – Owiany legendą władca królewskiego klanu trójgłowych. Jeden z najświatlejszych przedstawicieli smoczego gatunku. Doprowadził do zawieszenia broni i pokoju między wilkomagami, jednogłowymi i trójgłowymi smokami. Wielki przyjaciel i opiekun czarodziejów. Pod jego rządami, jak nigdy dotąd, rozkwitła żegluga i wymiana towarów. Bogacące się nadmorskie miasta Archipelagu ufundowały Malediviusowi wiele pomników. Na wyspie Mu przez pewien czas bito również monetę z wizerunkiem Malediviusa.

Meganuria – Drugi co do wielkości potwór morski, ustępujący rozmiarami jedynie Sorkowi. Zwyczajowe określenie potwór nie oddaje cech tego stworzenia. Olbrzymią Meganurię zalicza się bowiem do najspokojniejszych morskich stworów. Mniej doświadczeni żeglarze niejednokrotnie brali wynurzającą się Meganurię za nowo powstałą, nieznaną wyspę.

Nila – Księżniczka, córka władcy Drago. Smocza siostra czarodzieja Dawida z czasów, kiedy przybrał postać smoka. Po odkryciu prawdy – jego wielka przyjaciółka. Dzięki niej odnaleziono Zwój Gelona, co przyczyniło się do odzyskania Korony Królów.

Orchy – Morskie potwory atakujące łodzie i mniejsze statki. Postrach żeglarzy i rybaków. Zetknięcie z wydzielaną przez orchy magiczną plazmą grozi śmiercią lub trwałymi okaleczeniami. W reakcji na ataki orch zorganizowano ostatnio wiele polowań mających ograniczyć liczbę niebezpiecznych stworów. Konwent Magów, jako najwyższa władza na Archipelagu, czuwa jednak nad tym, aby nie doszło do całkowitego wyginięcia tego gatunku.

Sekstyle – Skrzydlate wierzchowce. Niezastąpione jako środek lokomocji. Udomowione i oswojone, służą czarodziejom od wielu wieków. Żyjące na wolności sekstyle dożywają późnego wieku. W służbie u czarodziejów są narażone na więcej niebezpieczeństw i sporo z nich ginie w walce.

Seniusz – Jeden z fervaksów. Uznawany powszechnie za najszybszego ze smoków. Zaprzyjaźniony z Dawidem. Zaufany smok władcy Malediviusa. Uczestnik wielu bitew.

Sork – Potężny stwór żyjący na dnie Oceanu Tempus. Jego ogrom i niewyobrażalna moc są w stanie niszczyć wyspy, łańcuchy gór. Poza wilkomagami, które wysysają magiczną moc, żadne – nawet tak niebezpieczne jak smoki czy orchy – stwory nie mogły w pojedynkę przeciwstawić się Sorkowi. Zwycięstwo w ostatniej opisanej w tej powieści bitwie możliwe było jedynie dzięki zjednoczeniu sił wszystkich mieszkańców Archipelagu.

Wilkomagi – Stwory zamieszkujące między innymi Lagunę. Pół wilki, pół magowie. Charakteryzuje je wysoka inteligencja i niezwykła skuteczność w walce z innymi stworami magicznymi. Wilkomagi są szczególnie groźne w okresie przemiany, gdy bierze górę ich wilcza natura. Na kartach historii Archipelagu wilkomagi zapisały się jako zwycięzcy w bitwie z Sorkiem.

SPIS TREŚCI

Druk i oprawa:
opolgraf
Opole, ul. Niedziałkowskiego 8–12
www.opolgraf.com.pl